秋天的約定。

林文義

LIFE
NOBLE NOTE
RULED
00 SHEETS
林文義
2019
B5 横罫
LIFE N38
Made in Japan
Pentel 修正液

漱石山房

逐日追夜拿起筆，彷彿古代修道院
抄經人，神啟般呼喚如詩美麗；我手寫
我心，最純淨、真實的自己。筆尖就紙
的一刻，無論沉悒或蒼茫，我知道，遠
方夜海上一定有顆屬於我的星光，潔淨
我在人間行過的謬誤以及愛與悲歡。

——敬借夏目漱石手稿紙

目次

序　名是寂寞字看破？

平路

我有一副眼鏡，戴上去，搖身一變，自動轉換成為「業餘人類學家」，坦白說，我並不一定喜歡隨時跑出來的那副眼鏡，很無奈，它屬於我想丟也丟不掉的斜槓人生。

譬如這個景象，身為阿義多年文友，我不時在心中印證自己的人類學命題：

男性（這件事與性別有點相關），在前中年期被政治紋身，不，灼身，不，不，應該說遭政治火吻過，必然在生命中留了抹不去的印記。

我戴上眼鏡看過去，在阿義身上，依然烙下印記。

偶爾，朋友們歌唱小聚，凝望拿著麥克風的阿義，心裡幫他點歌，點的不是阿義的眾多招牌曲，卻是那首〈空笑夢〉。用蔡振南的 key 唱最有味道。「空笑夢，一場風聲」，我腦袋裡轉的是政治，「情無結局就變卦」？即使在政治場域淡出，多年之後，我仍在阿義字句間看到些許遺痕。被我瞥見，也因為他文字至美，每一句都適合唸誦，細細讀才可以解碼其中包裹的層層意涵，唯當觸及政治，突然間，銀漿乍破水漿迸，鐵騎突出刀鎗鳴，阿義不再輕攏慢捻、也不再溫火慢燉，有時他沉痛地寫著：「最初美麗、無瑕的純淨，最後混濁、汙穢的貪婪……成為當年反抗不公不義，卻也蛻變成相仿的不公不義之人。這是一條黑暗的路，利慾薰心，自甘墮落與沉淪……」(p141) 有時，阿義引用馬奎斯在《迷宮中的將軍》的句子：「現在，已經沒有革命家了。只有一群人在反對另一群人。」

接到阿義新書稿，讀到這些許印記，我笑了（阿義莫怪老友小小調侃）讓我引這本書中兩次用到的句子：你們男人，在想些什麼呢？

「冥來肖想日牽掛」？依然是蔡振南的〈空笑夢〉，接著那句「名是寂寞字看破」，好家在，阿義沒看破文字。幸而如此，阿義在這本書裡說：「竟然長久以來，我用散文不經意，留下了一生。」

經歷政治火吻，卻沒有葬身火海。阿義轉身，成為自述的「一個賴活未死的靈魂」，除了寫下一本本好書，還碰到了郁雯。

阿義與郁雯。記憶中，我屬於極少數及早就獲悉阿義喜訊的朋友。

跳回現今，他們已經結婚多年。有一次，郁雯的珠寶創作展，朋友飲宴，我被推上臺，麥克風遞過來，主持人問我阿義與郁雯雙雙到香港，告知我婚期將近，我乍聽到的心情。

「聽說你立即掉下淚，為什麼？」主持人逗趣追問。

我笑答，因為喜極而泣，心裡大大鬆一口氣啊！想著太好了，阿義後半生有靠，不至於成為朋友們的負擔。

語畢，眾人哄笑。

為炒熱氣氛這麼玩笑，倒也有幾分真實。阿義遇見知情解意的郁雯，不只是浪子的歷劫回歸，不只是由妻子導引的儷影遊蹤，在我眼中，因為郁雯，阿義文字更有厚度，生活有了重心，永無島的日子（出現溫蒂？）從此展開必要的規劃。

或許每個拒絕長大的彼得潘如此，內心其實渴望「被規劃」。對阿義，文字是心靈歸宿；但人生中，郁雯才是他真正的救贖。

除了妻子，情深款款的還有朋友。阿義對朋友們不離不棄，文字相惜，總是綿長的牽繫。他的感性有時混搭著義氣，成分甚醇甚濃，不是秋季限定，而是始終如此。

結論是：我真心為阿義步入的人生坦途高興。這些年，看著他由青春期超長的孟浪帥哥，變成因為不諳世故（不諳三C、不諳許多日常小事）被另一半唸叨的大叔；由盛夏漸漸入秋，再看著他文字愈沉愈穩、愈顯蒼勁，這本書，更看到他另一種自在，詛咒政客之餘，他快意而直白地寫下「政治太詭譎，文學最真切。」（p61）。世事疾如轉燭，可佩的是，阿義繼續在寫，面對文字的態度始終敬謹凝肅，「世上沒有完美，但在文學寫作上必須力求完美」（p61），這是阿義秋天的約定，他一路寫下去，也將成為一生的堅持。

像是這本書中的阿義自述，他會在古老的岩穴中，保持掌燭尋索那粗礪壁畫的專志。

眼眸中，浮現一筆一畫繼續用鋼筆在稿紙上寫字的暮年作家林文義，到那一天，儘管「以火來見所見稀」，卻是最祥和的冬日風景。

1

蒙娜麗莎之繪圍繞在古銅泛金的雕花畫框之中，幽微的輕淺笑容直是五百年來不解的詭譎之謎；只有持筆彩繪的達文西方可解謎……畫家與模特兒之間的撲朔迷離，巴黎羅浮宮，一九九三年夏天，我站在這圖之前臆想。

臆想？心情竟然是分外寧靜，並非神性的敬慕，而是獸性的情慾如火。不朽的天才達文西如何進入蒙娜麗莎的靈與肉最深處？豐饒、鮮嫩的青春軀體，蜜桃般被男性決絕侵入的最隱密的峽谷……夜是如此迷情。

旅法多年的畫家老友，總是憂愁著容顏，我沒問起，但早已感受那份極度壓抑的沉鬱。相伴同行的木藝雕刻家突顯一種不安的情緒，手足無措的噤聲少語；他是郭安民藝博物館展出東方藝術的主角人物，卻彷如全然洩氣的一枚來自臺灣的氣球？不明白，我伴他來到法國首都，任務是發言人角色，代這位出身臺北大稻埕佛具店，極有才華的民間手藝人，作為推崇、解說的某種必要，主角竟然退縮了……請別慌張。我勸說。

穿過貝聿銘設計的玻璃金字塔，走入羅浮宮，我撫慰依然放眼茫然、手足無措的手藝人說——只要細看三個古代藝術品就好了：希臘斷臂維納斯、飛天女神、蒙娜麗莎的微笑。擅於雕刻臺灣民間崇拜的木刻神像的手藝人，點頭稱是，很好。

自然且自在。我說——莫緊張，免驚惶。你是最出色的男主角，木雕創作在巴黎昂然展出。終究，我了解，他失去了信心……僅是見及其實能以英語簡句交談之我，和臺北駐法外交人員推崇他精巧的木雕藝術、郭安民藝博物館主人的談笑風生，他感到自我只是小學畢業的資歷，灰晦少語的表情，一下子，我都明白了。你的作品，就是最好的說明，什麼都別害怕、自卑，微笑自信就好。

很多年之後，我不時憶起那次一九九三年的法國巴黎旅次，真正收穫的是見到好久不見的旅法畫家老友，他的憂傷我懂得。

是否還記得，青春年華時常一起去淡水海岸，夜深人靜，一罐啤酒、幾根香菸，靜聆潮音，夜黑至看不見潮浪之影，我們互訴心事。是啊，同般兩人的妻子都不諳你與我潛心在藝術、文學的愚痴奮力、尋求精進的茫然與迷惑，疏遠了距離。

同一年出生的女兒……一九七八年秋天。未忘的淡水沙崙海水浴場，我們堆著金色海沙笑埋半身方滿足歲的女兒；多麼嫩稚的嬰孩啊！四十年後，一個住巴黎，一個在桃園，line 來孫子影照——爸爸，請您也保重。

彷佛一首同年代自始未忘的抒情歌，喝酒當下，不由然就唱起一首臺語歌：〈媽媽請您也保重〉在很多年很多年以後的子夜深睡裡，夢中唱起這首歌，乍醒一刻彷佛依然，這才發現，眼底留著淚水。記憶有時寧可遺忘，我的不幸是，竟然長久以來，我用散文不經意，留下了一生……。

2

京與都，我時而惦念，不為春櫻、秋紅。

臺北松山機場，午後十三時三十分的全日空ANA以及JAL日本航空的十四時二十分，直飛東京羽田機場。妻子擅寫京都，我則是隨遇而安的抵達那北上兩千公里的扶桑之國，日本猶若一個遙遠又挪近的夢土，摹擬千年之前的中國唐朝年代，將最好的文明留在千年之後的京都。

妻子筆下的：《京都之心》那悠遠、幽玄的王朝美學，千年遺緒在於一種尊敬以及信仰。妻子帶著我慢行、體會，無以數計的旅行，謁那千年古都，一次一次再一次不是重遊，而是新的抵達，我的怦然心動。去東京散散心，去京都追溯古代的安靜……這是暫且的逃遁，還是永久的，絕望。五十五歲之後，決意告別喧譁、偽善的媒體職場，夫妻相伴去旅行，斷然切割某種利害的世俗認定，告別一些利之所趨，不必格調的朋友；學習一種安靜生活、潛心讀與寫的閒適雅逸。

舞伎雅逸的手姿，隨著三弦琴的樂曲，詮釋著紙窗外晚間的鴨川潺潺流水；不油然想起谷崎潤一郎借筆古式文字寫下的小說：《春琴抄》，年輕時這迷人的小說仍未有中文譯本，我是在電影中看見清純的山口百惠和三浦友和，這對美女俊男的和式演出，日本關西風情的絕對京味，那美麗是多麼的淒清與無從，婉約之間猶若一幅膠彩畫。

看電影的青春年華，仍未涉入繁複而詭譎的成人社會，不諳人世間的明暗光影；總沉耽於唯美唯真唯善的傾往……畫家老友多年後從法國返鄉定居，兩鬢已白，幽然說起有一年我們和木雕手藝人在新北投酒聚的往事，陪侍的酒家女讓一向靦腆、羞赧的他當下不知所措，反倒說起第一次去了京都，印象深刻的是宴席上舞伎的琴和手姿讓他想作畫的無比感動……新北投伴唱的那卡西太吵了，陪酒女侍笑容很假，而豪情請客的木雕手藝人很熱情。我說那是主人的好意啊！這就是臺灣風格，日本的京味沿循自千年前的唐代。

溫泉鄉，新北投和京都各有不同風情，我們什麼時候也跟著年歲增長，變得世俗了。記得酒宴散席，畫家老友悻悻然，若有心事的微鬱表情，竟然主動提議，不想回家——我們去淡水看海吧。幾分酒意走出旅店，月色正好，是秋天了，晚風習習，微冷的清涼意……哦，杜鵑花叢很茂密，可惜不是三月春時，花未開，人微醉。他低語，彷彿如詩吟詠，眸光在月色下分外的明亮。

子夜零時。淡水渡船頭看去，河口一片黑，只有水泥待船斜坡道，輕緩的水聲汩汩。阿義，你，過得快樂嗎？他忽然問起，語氣深沉的隱含輕微的嘆息。我沒有回答，只見指著遠海的漁火要畫家遙望，夜深人靜，蕭索著兩個男人，其實，都不快樂。

那是二十年前的往事了吧？二十年後的近時，我敬畫家一杯酒，那是決然的為他畫事一生的肯定。他說七十過後，右手無力持筆，如若難再作畫，生命意義又是如何之衰微？沮喪地不知如何是好……相約兩位和畫家彼時工作、留學在法國且知心的好朋友前去畫室，逗他笑，半是揶揄半是激勵和鼓舞——右手不行，用左手何不？

我們三人是含淚由心，他一定懂得。

3

四十歲生日。老友陳銘磻為我辦了一桌酒席：重慶南路、衡陽路交叉口的潮州菜館。陪客竟然是三大美女：曹又方、孫春華、胡因夢。怔滯當下之我，如今回想竟然如此情怯，錯過與三大美女的交談，請益。不忘的蘇玄玄小說初集：《愛的變貌》大江出版社，遙遠的前世紀七十年代初，不是因為小說，而是封底那長髮女子多美麗！蘇玄玄本名：曹履銘，另號：光虹，再筆名：曹又方。

二〇〇五年初，曹又方在我請求題簽的圓神版傳記書：《靈慾刺青》，那是在從臺北車行新竹縣尖石鄉旅程中，景仰的前輩作家終究誠實的在餘生留筆愛恨情仇；端莊、貞靜地微笑容顏猶若一尊送子觀音。辭別人世的凜冽和勇健的等待消殞的時光，我有一種心痛的不忍；這是四十年前的蘇玄玄？

再續的最後回憶錄，她寫了我持書求題簽的記憶，書中附了一幀郭松棻背影，那是郭生前最後的遺照，聽著臺北——紐約的越洋電話，很多年未曾聯繫，曹又方的問候，郭松棻的慨然，一定說到相與的文學友人：木心。珍貴的相片出自孟東籬的攝影，那時間是二〇〇五年初夏，李渝人在萬里之外的香港浸會大學客座駐校作家……如今，這五人都不在人間了。

家國的憂杞和自我的愛恨情仇如何評比？「絕望，是最好的拯救。」我一直牢記已故作家陳恆嘉（喬幸嘉）此一徹悟評言……

安和路二段三角公園旁：曹又方家居，她雅意宴請我和孟東籬，嘆說——好多年不見郭松棻了，多麼好的作家……我特別影印了幾封從紐約的來信，李渝交代：她去香港期間，深切期盼孟兄和我去紐約陪伴郭松棻。今夜星光燦爛，猶如小說描寫陳儀；安和路那一夜，我不經意抬頭，疏星幾顆。

4

疏星稀微。高聳巨大樓廈以及橫切過都市中心的高架快車道，監獄般猙獰、阻隔去視線昂首望夜星的期盼……光害折損星子的明亮，十九、二十青春如小白馬般的求學年華，美術科老師引領我們，唱著歌，學校旁的大漢溪看星。從日本武藏野藝術學院回來的老師在汨汨的河潮微湧聲中，說梵谷的：隆河星夜。

渴求真愛的畫家，竟然割去一隻耳朵送給妓女？在那黑暗的年代，誰真正送暖給一個天才？嘲笑梵谷是精神官能病人，到自殺死去之前，只賣出兩張畫，而是他的弟弟冒他人之名代購的……多麼殘忍的悲哀啊！最窮困、最潦落時候，有誰伸手協助被現實壓迫的畫家？百年之後，一幅遺作數以千萬計，這虛偽的世間。老師激憤、不平緊握拳頭，凜冽的解說，我看著墨黑的夜空，那一夜星光如此燦爛。

乾涸的油畫裸女在星夜窗前低頭靜坐，牆上的牛骨頭標本是死，桌上燭光下一枚鮮紅如血的紅蘋果是生。異樣的裸女竟然石化？微近中年的我在展出的畫廊繞了一回，默默挑了一幅靜物小號油畫，老師不在現場，也許就算人在，可能也認不得我這學生了吧？

在許多年後重逢，老師終於問起：你，買過我一幅畫，是吧？別有風格的歐洲廣場騎士像我非常欣賞，但號數大，我實在買不起……只是不解，何以裸女化石般地乾涸無水分？哲學般詮釋再美的青春終是會蒼老……女子讓老師傷心，還是人生無常？

我翻看童年黑白相片，母親黑色鑲金的旗袍，小姨媽甜潤如水蜜桃、婀娜多姿的美麗，青春而嬌嬈的美人圖。許是童年時印象若即若離的母親總是疏遠，我一直追尋著一個美質懂愛的女子，猶如日本畫家竹久夢二的理想祈盼，所以他的畫那麼美。

今時，九十二歲的母親在社區中庭花園中小坐，未綻的櫻花，盛放的紫薇，半失智，有時自己對自己說話，儘是她青春的憾意和未竟的深愛渴望，早已忘情，但又相思……

感謝為我做四十歲生日。我用 line 向陳銘磻致意。他回答：你，竟然還記得？我還留在二十五年日記本裡哦！三大美女同歡宴真是人生佳話一件，歲月流逝，我們男人老了，她們把最美麗的溫暖留在記憶中，但問：溫暖和美麗的女子，她們人生憂傷又如何撫平自我呢？如何被辜負或也辜負了別人，沒有對錯。就在餘生坦白的懺情書、回憶錄，不論公開的發表、出版，個人生命中的悲歡離合，都是美麗與哀愁的由衷印記。

如果畫家老師的美人圖以此作題，將是豐腴之花的盛放，還是依循固有格調的乾涸之葉？溼壁畫，馬賽克嵌瓷，將女子的圖像定位在大教堂圓頂周邊，綴著玫瑰花紋的玻璃長窗，晝映太陽夜月照，只有祭壇中央那十字架的苦像看見那被疏離的美吧？耶穌有祕密情人，但不能說。

5

請一定在向晚六時，用力拍打窗外冷氣機的水泥臺座，固定時辰，一雙鴿子會按時歸返，竟然在此築巢……空氣、水、雲和月，如序一天過一天：day by day。歌舞劇《屋頂上提琴手》是讒媚，或者好死賴活的得過且過，日子接著日子。那是猶太人千年存留內心的歷史隱痛……何以無鄉可回？何以漂泊四方？是天譴還是：原罪。

飛鴿一樣宿命，在曾經旅行過的威尼斯聖馬可廣場，成千上萬的鴿子搶食遊客們拋擲的玉米顆粒，循以為常的自成一方風景；那麼請問：飛鴿的原鄉到底是在何處……鴿子事實一點都不溫柔，掙搶、互啄，虛矯地「和平」命名。圖騰中鳥喙銜著橄欖枝，圓潤、無辜、純潔的眼神，意味著世界一切都會越加美好的期待……白頭鷹緊抓著一束箭矢，明明白白告訴你：我，就是霸權！不必虛矯自謙，多少鴿子希望幻身為鷹，猶若高喊「和平」的最初人道主義者，掌握權勢時，變臉成最冷酷、兇殘的獨裁者，絕對的：法西斯。

終究成為當年自己最反對的那人的模樣。

彷彿是永世的輪迴，必要之惡。

前後二十步，直行於子夜未眠的客廳和房間分隔的走道，來回的終點碰牆止步，都掛著觀世音菩薩畫像：客廳是奚淞印刷品，房間是陳朝寶水墨手筆。似乎幽魂般漂移、挪動，錯覺中，自己由人成魅；前世，我是何者？存活在地球上哪個角落？是怎麼死去的？青春時自認水中的倒影墜湖而亡的：納西瑟斯？中年時熱切於革命，被行刑隊最後的處決？再也失去所有希望，只依仗遙遠回憶，終於在深睡中心肌梗塞的告別……我竟還羞愧活著。

南無觀世音菩薩。追悼的靈堂中央恆是一幅笑顏、放懷的遺照，其實是生前含淚的微笑；僧尼是職業合唱團，引領群悼者吟詠：南無觀世音菩薩。無神論的死者在我夢中無奈苦笑的說——怎麼？他們用佛教儀式，而我是虔誠基督教徒。

朵朵摺好的紙蓮花送行，胸前比劃十字口呼：阿門。入我夢中的亡故的朋友些許慍意地表白，我想撫慰卻連一句話都說不出口，原來這無非是在更幽深、黑暗的夢中之夢裡。白天的診所，醫師解說著年老免疫系統逐漸脆弱，請您多運動，曬太陽，不可奔跑，緩慢走路，定期進度檢查……茫然，失措的我將如何是好？

一艘古老的西班牙帆船，竟然置身在距海數十里的森林深處……這是馬奎斯名著小說：《百年孤寂》非常美麗的描寫。大航海時代，天涯海角，漫無邊際，潮浪的溫柔與暴烈，月圓月缺，如同不確定的愛情，悲歡離合，爭執有時，撫愛有時，床笫之間最真實、靈肉最貼切。朽木如化石的木質船體、幾成灰燼如死神之衣的帆幡，只有船頭的裸身女神，那豐腴、突昂的乳房，依然不屈的母親船庇佑。

所以，切莫要我說起：公理和正義的道理。我們坐下來，不如靜靜以酒互敬，什麼話都別說；您還要一起回想上世紀八十年那渴求夜暗中黎明的到來，四十年恍然如昨，今時的世情又由黎明的盼望回到更為哀傷的夜暗。這是一個私慾和不義的時代，虛矯與謊言占領我們曾經引以為傲，引用《聖經》預言：乳與蜜的迦南地；被詛咒數百年的：臺灣。

強迫症突然而至，暴怒的嘶吼——我不想聽到這些！什麼「革命」，從前自稱為革命者之人，古巴的切．格瓦拉被CIA斬斷雙手；右手寫詩，左手醫診，那只心愛的勞力士機械手錶也被行刑者暗中據為私有……馬奎斯不就在傳記小說：《迷宮中的將軍》寫下語意深長的感慨之言——

現在，已經沒有革命家了，只有一群人在反對另一群人。

我，寫字的我，一再引用馬奎斯此一不朽名句；文學家比政客還要明悉這紛擾未止的亂世，猶若西方先哲之諍語：「文學比歷史真實。」被詛咒的臺灣，至今妾身不明的島國，且看人民表面微笑，內在迷惘的隱約哀傷；不能去想，不要去思索，探詢以及追索，回報的是不幸的自怨自艾。詩人苦苓在三十年前彷彿預言般寫下——

愛我們的國家，國家在哪裡？
在腳踏的土地上嗎
鳥不語花不香，只有二十座核能廢廠
我只想找一隻槳
把這島悄悄划走，再也不回來……

果然預言成真，難怪昔時好詩人早已不再寫詩了。家國的憂杞和自我的愛恨情仇如何評比？「絕望，是最好的拯救。」我一直牢記已故作家陳恆嘉（喬幸嘉）此一徹悟諍言。

拜託：林先生。您住四樓，那向晚回來的鴿子總在府上冷氣口上端築巢，勞煩聽見鳥聲請用力拍打窗子，趕走牠們，否則鳥糞一直掉落我三樓家的冷氣水泥臺座上……樓下的 K 先生懇求，非戰之罪的我，答以歉意。不是我錯，而是外表溫馴，實質悍然的鴿子強取豪奪，如可恥、無良的：臺灣政客。

原載於：二〇二〇年三月五日、六日聯合報副刊

我們的島

墾丁：一九九六年夏天，我在南灣看見核能發電三廠，像沉默的兩顆發酵完成的大饅頭……如果可以吞嚥，包夾中間不是紅豆餡，從南非或伊朗而來的：鈾。鈾？輻射線接近會成癌，恐懼的認定，核三廠距離旅人如此貼近，優哉游哉的我散步墾丁夜街，回映我旅行過的希臘島嶼：米克諾斯、聖托里尼。前之名叫尼古拉的鵜鶘，後之火山新島，不可預測。

潮州：涮牛肉以及滷豬腿。非常現實的抵達，只為了口欲之便，不看山海之美，這是島嶼南方以南，竟然存在一個青春到中年不渝的文學讀者，引領我初識：潮州。彷彿異國……高屏溪過橋，荒蕪的沙洲年產多少瓜果？小小的屏東車站，依然維持日本殖民時代的模樣，首次抵達，臺南到屏東……南國曼波，曼波恰恰……死去多年的洪一峰餘音嬝嬝，我還記得。

高雄：渡輪從哈瑪星航向旗津。金曲獎臺語歌天后，以名曲〈追追追〉盛名的：黃妃，先是為我的妻子洗頭（她家姊妹開的髮廊），而後引領渡過航道，旗津海鮮晚宴。生魚片如此新鮮無腥味，龍蝦慷慨而結實，據說龍蝦血可壯陽……？街旁有人高歌Nagashi，夜美如星光燦爛，回眸一望，如霧起時。

臺南：一九七四年十月到一九七五年？月。記不起軍旅移防的時間就不必苦思焦慮了，帶著兩冊服役前出版的初時一、二散文書：《歌是仲夏的翅膀》光啟版。《諦聽那潮聲》水芙蓉版。經理署第四供應處，夏時營區芒果樹開花結果的喜悅……假日，散步安平海岸何等靜美，總是等待北方來信，那人寫著想念，隔離三百公里，竟而疏遠了，我很遺憾。

嘉義：三十年後阿里山看日出，我彷彿回到畢業後那年夏天，服役前的救國團活動的殷切等待……年代電視我和歌手黃妃一起主持的旅行節目：「臺灣鐵枝路」，未忘的昔時臺灣大學三年級兩個慧質女子：蔣婉容、姜翡情。她們說春時來臺大看杜鵑，夏天是文學院如雪的白流蘇；眸光閃亮的秀緻女子，不是容顏而是極有慧質之心，印象還是最美麗的人。

雲林：我只記得人文空間虎尾厝。深切不忘的濁水溪南岸，冬時乾涸，夏時沛然；陌生的深思，我最陌生的縣城，卻又一次次行過。最異常的經驗是搭機南下，沿著海岸線飛行，窗下赫然是建築在人工島上的臺塑六輕廠，想起昔時一部科幻電影：《沙丘魔堡》的顫慄！應該是靜美、豐饒的魚米之鄉，應該是濁水溪出海口穿過防風林，僅見平波千里的景色。

彰化：離開的時候，圖書館上坡路頂端就是大佛，他們竟然要我來講小說？借花獻佛悠然談著鹿港古鎮出生的：李昂和王定國，他們都年少離鄉，反而從濁水溪對岸而來的：宋澤萊一直定居在這裡……康原、吳晟二兄可能不知道這五月二十日此一講座，倦意的午後陽光灰濛濛，趕著高鐵回臺北，明早班機飛日本……我不明白，為什麼會這樣疲累？

臺中：這是人生中悲喜交集的城市，青春夢愚痴地以為可以完成，終至是支離破碎已然歲月中年的心。坪林軍訓中心休假日，走過尊賢街，那典雅小樓房隱約的鋼琴聲，情怯地急步閃避，妳好嗎？很多年後來到臺中，小說家關懷地問我出走的原因，也是說：你好嗎？我倦然搖頭，他沉默輕歎。敬一杯酒，心照不宣的彼此茫然的眼色；夜好深了，留宿嗎？他再問，我答：要回臺北了。

南投：更幽森的高山地帶，二十年前的塔塔加鞍部，夜宿鹿林山莊。夏夜流螢入帳來，未眠的我在筆記本上自問：未來幸福的期待。十年後從這裡起步，登上了玉山頂峰，竟然得了僵硬、怔滯的高山症……回眸是昔時的滿山煙雲。虔誠留下文字的筆記本何時焚燒成灰？都失去記憶了，住在鹿谷的詩人林彧病體安康否？新詩集：《嬰兒翻》書封坐在輪椅上的側影令人不忍，他說人生——沒有意義的，記憶。

苗栗：老友陳文輝火焰山旁的「華陶窯」接納我在對都市厭倦之時，最溫馨的款待。借用一則王定國自選集：《美麗蒼茫》二〇〇一聯文版，書封引言最傳神——

四十年歲，突然趁著漆黑的夜晚匆忙把自己講完，夜深還要趕路，餞行的詞句早就遺忘在遙遠的哭聲裡……起身時，藉著薄薄的月色突然撞見了亭柱上的一塊詞牌：五十年來狼籍……

新竹：南下列車跨過頭前溪，夏來清淺河道兩岸，斜放風乾，曝曬的米粉架子，好似一張張美術教室中，待畫的白紙……那時落榜藝術科系，沉鬱的我，獨自去旅行。竹東？竹北？新埔？關西？四十多年前一大片田野漠漠，風果然夜來凜冽，很會念書的中學好友自信考入清華大學核工系，懶散、不用功的我勉強抓了個三專……也不錯啦，你的文筆好，念傳播以後當記者。他說。又一陣晚風吹來，落寞……

桃園：都安好嗎？親愛的孩子。近幾年頻繁行車三十公里來回在高速公路兩端，文化局評審出版輔助、文學獎，工作一結束，立刻北返。南崁交流道往東是國際機場方向，群樓之間我時而深切思念兒女住居的親炙；他們定期回家探視我和母親，沉寂的大直家，剎那充滿孫子們的嚶嚶笑語。女兒的大學老師亮軒告訴她——妳有個不一樣的父親。雅意深長的祈盼從父親的書了解……南崁，夜深時。

三峽：靜靜的思念，美麗的回眸。一灣清流，沅衣的兩岸，水光流金，綠郁盎然的生命……陌生的少年情怯追隨在老畫家身後，慢行在半圓形的石橋上，畫家說：我，不再收學生了……不陌生的中年再回到這小鎮，妻子帶他抵達，說：這是我的原鄉。老畫家的複製畫呈現晨時微霧三峽河上的橋影，彷彿最溫暖的遺言——你青春和我散步的地方啊！美麗的回眸，靜靜的思念。

臺北：最熟悉的首都，最迷茫的城市。竟然不知道要如何書寫……？

基隆：雨夜，這海港的市街映照地上水痕如沉睡的鏡子，老建築水泥壁間的苔蘚和溼濡的倒影對話，憶起從前的從前。岸邊的麗星遊輪亮著金黃色船燈，白鯨的想像，天涯海角的傾往……未眠人來廟口夜市，清粥配瓜仔肉，再加一尾紅目鰱，靜默吞嚥，偶爾舉目向海；啊，那是多少年前了，製冰廠樓上一雙純淨的童眸，窗外火車站雨後閃著水光的鐵道，又一陣急雨。

宜蘭：跳傀儡的林師傅燃香膜拜後，操演的人偶彷彿霎時活了起來——主持人！主持人！入鏡影像一片黑啊……外景隊人員頓時驚惶地呼叫著我，我忙著接過一炷香，不慌不忙地敬謹膜拜，暗念著：失禮了。而後是十年後，我身在十海里外的龜山島夜宿，滿天星無光害的太平洋上回望宜蘭陸地黑暗的弧線山形，細長如一管日光燈般移動，應該是晚班的北迴線列車……

花蓮：作家被警總從太魯閣禪光寺帶走的時候，作家還未寫作吧？冤獄中青春被折損，幾乎絕望的他，還是意志堅定地翻譯了柯斯勒小說：《黑色的烈日》……四十年後，他寫了自我蒙難回憶的散文：《躊躇之歌》。我，文學最知心的老朋友：陳列。與之同老的青春追憶，那不再的防波堤尾端早被拆除白燈塔……楊牧的惦念，那是詩人西雅圖的鄉愁；好久，我沒去花蓮了。

臺東：環保團體抗議旅館構築在杉原海岸，殊不知富豪們早占領綿長的沙灘，樹林為籬，別墅門外就是太平洋。卑南族老友孫大川敬我一杯小米酒，笑謔我這漢人是：爛芭樂！他是笑中含淚。越過十六海里，我們在酒聚唱：〈綠島小夜曲〉，楊逵先生告訴過我，凌晨前夕，被判死刑的政治犯在槍決時刻，總面向對岸的臺東；延綿的中央山脈，那是故鄉，那是眷愛。

澎湖：古名「方壺」的群島，我恆常想念。路過臺北松山機場，怦然心動，為何不立刻買張機票，五十分鐘後，就可以在島上看夕陽……未識一位企業家白先生，竟然勇敢地抉擇在美麗的島，告別餘生。為他寫過一首悼念的詩，最蒼涼最決絕的哀傷吧？我從馬公到西嶼、望安以及七美，不是臺灣的喧譁和輕浮，異國般安靜和純美。夜夢，人魚在唱歌，醒後之我竟泫淚，亡故留下一本書的詩人：沈臨彬。

金門：只有陳年高粱才被思念嗎？文學獎評審會結束後，向晚的留影，背向燈火亮起晶亮璀璨的中國廈門……最後一班飛回臺北的ATR，不想過夜。詩人楊渡小三通早已經由對岸轉機直飛北京，去送小說家陳映真最後一程。我想到改名為林毅夫的林正誼在一九七九年五月十六日夜從馬山游到海那方，那宜蘭人心中理想的祖國之夢……？

東引：再深識彼岸花，反而是在日本長崎，一片金黃瓣葉，在馬祖列島名之：紅花石蒜。二〇〇五年冬天，南竿高中的文學講座之後，雨霧鎖海，決意搭乘直升機去七十海里外的東引島探訪服役的兒子，留一段詩句——小油菊、紅花石蒜依然／野戰服是荒蕪行走的蒼鬱／吟念詩人曾行過的熟稔／父親百浬外含淚叮囑：／淚，自我吞嚥／冷，懂得取暖。

彭佳嶼：一九九六年臺灣首次民選總統，中國恫嚇以導彈，時任民進黨主席施明德立法院辦公室主任之我，伴隨搭船接近此島海域，未登岸，據說島民皆鷗族。

太平島：南方以南千里最遙遠的臺灣軍隊駐紮的環礁地帶。據說中國、越南、菲律賓皆虎視眈眈，欲取而代之……？定義：比任何異國更難抵達的本國遠方。

蘭嶼：鬼頭刀追獵飛魚。達悟人的影像留存，彷彿兩個漢人用相機為他們寫下歷史；前是：王信，後是：潘小俠。二〇一八《鹽分地帶文學》慎選出「當代臺灣十大散文家」眾所皆知的夏曼・藍波安，正是達悟人。

原載於：二〇二〇年三月八日自由時報副刊

1

機械手錶，齒輪輕微的轉動聲，穩定神祕得彷彿暗夜私語。搖晃和自動上鍊，手錶開始行走？如果沒戴入手腕上，它會在不知不覺中停止，無分日夜，睡去了。似乎好意的留住過往前時分秒……

不想夢卻多夢的深眠中，俊秀健朗的少年昂然入夢相見；笑靨如許陌生又似乎熟稔，他說——你一定記得我，出生之時的嬰兒房，你無限愛憐地擁抱……。也許已然是最幽暗的冬夜，錯覺窗外冷雪紛紛，難以辨識的無用老人之我，恍惚舉目，失語且智力漸無的生命衰微，即將燃盡的最後時光，無言以對。你，是何者？我，又是誰人？黯淡了。

還有能力寫幾個字，替代艱難的開口答話；是啊，一生都在筆和紙之間悠然去來，顫抖的手依然凜冽的留字——我的心情都留在每一本書，請閱讀。每一本著作，都是讀心之書，祈盼了解。

俊秀健朗的少年，亮出昔時嬰兒相片，那是多少年前了？雪般娃兒，星眸般明亮。時間歸零，要我回憶很久很久的從前，猶若心愛的機械手錶忽然凝凍時間……嬰兒揮舞著圓潤的四肢，小螃蟹般地可愛。啊，你，長大了？我在紙上寫字。

華語叫：爺爺。臺語喚：阿公。無比親炙也帶著幾分羞赧，有力的雙手緊密擁抱過來；被擁抱的人忽而一時錯覺，驚怔地記憶斷碎般隱現，應該是輕緩，小心翼翼抱著孫子，指著點亮一根插在生日蛋糕中央的小紅燭，向嬰兒笑說——滿週歲啦，祝你生日快樂。吹熄蠟燭，吃片蛋糕，待會兒嬰兒要抓週，預告將來長大要做怎樣的人，從事何種行業……親愛的孩子啊，平安就好，平安就好。吶吶微張唇舌，卻一句話都難以發音，還是用筆表白在紙上。

晨昏不分，人鬼幽冥……。時間於今只覺朦朧，心想是否有一天會失智？記憶都留在曾經寫下的散文書中……我想到大海。如果眞到失智之時，親愛的妻子啊，請妳帶我去看海。

——2017-5-11 日記

彷彿是生前預告的遺言。期望遺忘一生的悲歡離合，遺忘被辜負也辜負他者的悔憾與懺情；帶我到海邊，看那永恆潮浪吧。絕對的安靜，絕對的單純；晴藍或陰灰都好，就是一生由衷傾往的海。

阿公或爺爺，任何稱謂都好。你輕擁著嬰兒，學著牙牙學語的孫子，同樣以單字呼應著猶如天使笑聲的美麗，說出你最最由衷、真誠的祝福……倦眼回眸？忽然隱約的浮顯些微的愧疚……是啊，就像手持一束鮮美、芳香的玫瑰，不經意之間，花莖的刺竟讓手指出血。

血，指背一顆紅寶石……那是遙遠青春的最後告別嗎？曾經如此自許的文字——

他是持花戰士，奔馬在耽美與堅實的激流亂雲之間。他是冰雪和火焰，爆烈且溫柔的眞情；歡喜眷愛的純淨。

如果能夠，請送給我一支漂亮的手杖。英國手藝的，銀色金屬的鴨子頭飾，犀木的修長著地。容我哪怕早已遺忘從前往事，失智另一面也是幸福吧？心愛的妻子帶我去看海，我果敢，昂然地持杖向海走去。

長大之後，俊秀健朗的孫子，看見我的背影，他們會如何思索我？不必思索，所思所想，我的一生都寫在每一本書中。那時，還有紙頁冊嗎？泛黃、褐斑、破碎……如同湮遠、亡故的上一世紀的年代，自以為是的「革命」，天真的理想以及日夜苦思焦慮，只盼望下一代，下下一代的人生會更好，終是徒然了……。

似乎，好像……很少和嬰兒的父母親坦陳內心他們或許疑惑的謎團，關於疏離和裂解的原因。不必訴說，不須解謎，如果他們願意，其實非常簡單的細讀我書，那是一面鏡子。

必得懺悔，我不夠努力，自己過於消極，那般決絕以及毀棄……終究歸納：兩條相異的河流何能合而為一？收藏入一個深埋的盒子裡，猶若《聖經》中是否真正存在的：約櫃？誰都沒有錯，只是妳不真正認識我，我也從未諳知妳？

拄著銀質的雁頭手杖去看海，那在水下千潯的另一空間，悠游的魚族，寶石般晶亮剔透的幽玄，我彷彿一縷靈魂靜默的漂流回千年之前……我是誰？誰是我？失智之我，寫字問起兒孫……。

請容我看海之時，就留下最後一絲欣慰的笑意，慢慢睡去，死神帶著我靜靜離去。摯愛的妻子啊，請深擁我，猶若最初發現彼此，那狂熱的深情和撫慰……感謝妳，帶我去看最後的，海。

滴答滴答……機械手錶在最深的夜裡，輕微的走動聲音，印證人依然活著的存在。嬰兒在手錶悄然顯示時間的每分每秒，神啟般壯麗的誕生；親愛的，我將永遠記得你，來生的約定。

2

從前的相機，沉甸的重量捧在雙手上，油然在攀高之前，萌生一種莊嚴的敬意；按下快門，彷彿是對存在或不存在的大地之神虔誠的默禱……往後送去相片沖洗店的拍攝完底片，完美或失手，那份不可預知的焦慮等待，猶如面對愛情的悲歡離合。

西方的：羅伯卡帕。東方的：木村伊兵衛，二戰前後，誰也不認識誰的身置歐洲戰場、昭和時代的繁華與破敗，黑白相片，印證著歷史，留下了年華青春。

一幀影照，訴說千言萬語人間世……那麼身在現場，攝影者作何感想？冷靜非冷酷，熱切非無情。很多年再很多年之後，斑剝、褪色的相片，歷史留影；往後幾人會悼念：冒死隨盟軍登陸法國諾曼地六月六日存活，竟然在往後越南戰爭誤踩地雷死去的：羅伯卡帕？木村伊兵衛則病猝於一九七四年五月三十一日，得年七十二歲，心肌梗塞……。都彷彿早已死去一次，就在年輕時代的二次大戰，靜靜按下相機快門，毅力與哀傷目看生與死。

生與死，菊花和劍。視野凝注在亡故半世紀的日本作家的影冊，他們從童少到年老的遺照，天真、燦爛的對未來無限的祈望，猶若夏花華麗怒放的文學江湖，秋葉凋落的現實糾葛，直至冬雪茫白的棄筆告別……。

書桌上，只留下一朵庭院摘下的紅茶花。志野陶杯，還留存歡愛後，女子的紅唇印？手稿，碎裂如粉片，依然是強勁墨跡。陰刻著「寂」、「滅」二字的，岩石埋骨地。太陽神雕像在孤寂的家，等不到主人。

志賀直哉。川端康成。芥川龍之介。谷崎潤一郎。三島由紀夫……留在文學閱讀，幾乎一生難忘的心靈經典；與之青春初時驚豔直到老來回眸，事實上他們自始不曾遠離。……還有夏目漱石的那隻黑貓，水上勉那座火焚於一九五〇年七月二日的金閣寺等等。夜如此深沉，寧願拂曉天光晚來幾分，影冊中人是否在幽冥的文字裡訴說心事，回問忠實讀者之我——奈良、鎌倉、隅田川、京都、鳥羽……你都旅行過我作為文學背景的地方嗎？走過走過。我虔誠回答，心如此沉靜，夜就更美麗。

回到臺灣吧。年方二十一的攝影家：郭英聲在瑞芳鐵路隧道口，放置了一具古老燒炭的鐵熨斗。彷彿是百年之前的先民，篳路藍縷建家園，蔓草、峭壁間尋路，往東北未知之境勇行去，那是新天地或是絕望的一無所有……？這是我私己的歷史定義，不敢強作解人，或許純粹的影像美學的完成，裝置藝術、魔幻寫實……近半世紀的悠長歲月流過，郭英聲此一作品卻恆久留在文學作家和讀者深切不忘的記憶中：一九七四年十一月第十九期的《書評書目》月刊。

十年後，爾雅出版了文學攝影集《作家之旅》。楊逵的臺中大度山、鍾理和的美濃、林海音的苗栗頭份、白先勇的聖塔芭芭拉、黃春明的蘭陽平原、林懷民的嘉義新港鄉……臺灣地景很美，作家留影更深刻、真切。七十年代初，和郭英聲在臺北武昌街精工舍藝廊參與九人聯展的謝春德就以「家園」作題，昂然且完整的成就這本書。

家園的光影，不就是文學的借鏡、生命的明暗潛伏嗎？一張相片有時遙勝過文字所能表白的千言萬語，小說虛構，比歷史還真實；影像則難以說謊，印證了彼時發生的剎那，而後成為回憶，久久難以釋懷……人與景合一，入鏡來，或者索性背對相機。沉思狀、執筆、持書，作家恆是些微失措，笑意靦腆，凝注莊重，本質究竟如何？

攝影家需要的是聖徒的潔淨或是魔鬼的詭譎？作家在文學大海中沉浮，水下是魔，水上是神，分裂著因子；夜暗黎明前，孤燈下書寫的靈魂最不孤獨，那是神與魔的性愛交……攝影家懂得。

作家一定向攝影家傾吐心事，最後的留影；且看那自信的凝視，還是如此哀愁。

3

十五樓上臨窗藺席，未收攏些微散亂的薄被和單枕，自然保持著前夜眠時或許有夢的形式。向晚的出海口，霞色泛金未紅，好一段時日未來淡水，只因為詩人隱匿經營多年的「有河」書店終究易主，她，好嗎？

白貓如雪，面對陌生人的我，警覺隔開一段距離……主人為我準備兩瓶法國香檳，毛豆以及堅果，他說：這樣最健康。我建議相識廿五年的知心老友，酒前酒後喝一罐日本無糖咖啡，既可解酒又提神……他笑著磨豆，煮他所愛的「藝伎」，剎時的相對記憶，知心的高雄法式餐廳 Pasadena 主人：許董事長隨身的咖啡用具，彷如修行。都是科技業早期的奮進能人，我想念他的儒雅與莊重。

淡水河出海口。這一次我話少，他話多。依然想念那屋外草坡可見臺北盆地夜來亮燦如珠寶般地無垠燈火……主動說起不回家的幽然心事，那份微鬱感觸和我當年決意訣別，等同如是。聽著聽著……誰都沒錯，只是夫妻絕緣，終究明白是相異的河流。

白貓不畏挪近我，不讓我撫摸。主人笑了起來說——好似我們遙遠的初戀，只是情怯，什麼都不曉得要怎麼做？連牽她手都不敢，更別說輕擁、接吻……可不是嗎？哪怕是女孩訕然先說分手，我們都不知所措，反而感覺是愧疚自己，犯錯了？

不去淡水街上。在紅樹林臨窗所見的十五樓上，我們回想從前，不免憾然幾分；她想些什麼？比男人成熟十年的女子，適時的結論是我們單純，她們繁複。愛情是理想，婚姻是現實……主人敬我一杯酒，我笑了，心照不宣，感同身受。窗外晚照未霞紅，蒼茫泛金，猶若杯中香檳酒色。

就連分手都不明白分手的理由。後悔四十年前何以不曾問她：為了什麼？各安海角天涯，偶爾還是夢中回到青春少年時，你還是自問：為了什麼……？

剎那之間的，彼此陷入沉默。沒有詰問，只是交換苦笑的一聲嘆息吧？妳過得好，就是我的祝福和安慰了。Man's talk 一首歌不是這樣唱著，你未諳她的心，她不瞭解你……夢如風吹來，支離破碎的記得。

海很近，回憶很遠。酒是乩卜的催促者，時間歸零要你倦眼回眸，不是舊情難忘，更非青春不捨，只是茫茫如冬雪的年華，行過許多生命之路，深諳悲歡離合。對白就必須誠實，只是互敬一杯酒彼此無言，但付知心一笑，四十年恍然一瞬。

濛霧之海，夢中之夢……深眠之間，但願一切空白。只見女人傷心言之：負情。男子什麼都不說，只有深埋、苦楚的委屈留存在內心最深切的底層，罪名就自我承擔。怨艾以及悔憾，我都寫在每一本書中，話語陳述不再有任何意義……釘上十字架，羅馬鬥獸場的生死，都是人生。

什麼時候夜更深了？河對岸的觀音山，側臥的剪影都溶入無盡的黑暗裡，連輪廓都看不清楚，只有山下稀微的燈火，猶若疏星般地幾分寂岑……我，要回家了，感謝款待。他要送我下樓，我說在門口告別就好。

捷運晚班車廂少人，微醺的醉意，內心一種暖意，似乎眼眶中溼濡著些許朦朧；這才想起上一次來訪距今兩年前了吧？那時酒聚還有一位藝術家，亦是酒過三巡，幽幽地吐露和妻子方剛離婚的心事。十五樓主人笑著半嘲謔，實是同情的再開了一瓶隆河白酒，然後在告別時送我一個義大利橡木酒箱，可以放置書籍。

老男人酒聚說初戀，談婚姻，前是美貌的期待，後是現實的折逆，既是回憶的感觸也是誠實的告解。捷運在深夜中帶我回家，寂靜多美麗，沒有哀愁的自在。

4

多麼意外的一次美好的訪談歷程，久拒電視入鏡之我，竟然應允公共電視：「頂真人物」最後一集的邀約，不談政治、談文學。

主持人：許雅文。以母語流暢地問我一生的文學意志之回憶，我自然自在的母語對答，反而毫不差池的表白關於臺灣文學的本質和作為一個散文作者著力於自求最高標準，紙與筆的不渝眷愛。

公視攝影小組來到我狹窄的書房，他們拍攝了我攤在桌上的三本小說集：馬奎斯西班牙原文書、三島由紀夫精選集、黃春明皇冠版小全集……一讀再讀的經典名著，三十年來從未懈怠，從不厭倦。

春雨紛紛的午後，捷運可從大直到東湖，我搭上計程車，明白必須準備最安靜的心靈，即將面對久未入鏡的敬謹態度；法國

Façonnable 埃及棉直條花紋襯衫，不讓梳化師整裝，直入棚上場，好整以暇。

不想公共電視準備昔時新聞記錄影片：機場事件、五二〇農民抗爭、鄭南榕自焚、紅衫軍反貪腐……幫助我重返記憶，年久月深，我沒有悲哀，只感到遺憾。未完成的理想，島嶼之夢，三十年前反對獨裁、威權的國民黨體制，而今的民進黨亦步亦趨，成為當年反對他們，卻成為像他們一樣的人？利之所趨，不必格調。

說文學的自我，不論背叛初衷的他人……五十年代二戰之後，俄國史達林不就誅殺了曾經是兄弟般的革命同志：布哈林、托洛斯基。是啊，訪談之時我不評論今時的「名嘴」，那是不值得……依附掌權的官方意旨，我時在子夜與電視上的他們重逢，感歎於他們卑躬屈膝，只為了生活而演出，光頭的好不容易勝選高雄市長之人，事實是違背承諾的妄想參選二〇二〇臺灣總統？反而是臺灣首富的商人郭先生，呈現巨視的未來展望，豪氣干雲卻無比真誠。

節目錄影流程，我自許做為一個臺灣作家，土地、人民、歷史，盡其可能要寫出最優雅、美麗的文學。借問：臺灣人尊嚴何在？千萬別自怨自艾自卑，好文學，不分意識形態，他們一定看見。以母語對談，我自信且昂然，如此自在。

這是：你和我的約定。遙遠的祈求之夢，竟然是更為遙遠了……我不再談政治，我談文學；政治太詭譎，文學最真切，雖說百分之九十臺灣人不讀文學。

約定什麼？人間終究一無所有。夢只是夢，理想是酒後妄言，掄拳高呼，什麼意義都沒有。你，澈底絕望了嗎？我不絕望，只是陌生得不敢想像……迷霧深處只為了求生存吧？非常離奇，十分茫惑，約定，有一天會毀棄。

許雅文問我：至今寫了六十本書，是否形成一生的思想和信仰？我敬謹回答——世上沒有完美，但在文學寫作上必須力求完美。影片一段是我拿起咖啡盃，輕啜的沉定表情，就是相對散文的虔誠和自信，似乎就是永恆的約定，我的訴說交換你的理解。

影片呈現旁白，那親切的母語代言我的心事——臺灣美麗留予文學，但又感到稀微……。說到妻子形容我的晚熟，我自嘲孩子氣，至今還在讀漫畫，如從課長延續到會長的《島耕作》系列，不就像半生在媒體工作的感歎，我說——有些失志，有些驕傲；這一切的經歷都是美好。

回想昔時的電視專訪，此次幸而能以母語對談，反而是得體而未失言的坦直心事；暢所欲言傾力於文學的一生。

夜未眠。靜好的美麗，歇筆之時，抽讀許悔之詩集《我的強迫症》，如此會心的如同照映自我，強迫和憂鬱，像隱藏在夜雲背後的星光；我相信有一顆星以我命名，另一顆星是妻子的回眸笑意，彷彿約定。

5

虛構，有時最真實，是小說嗎？

小說？寫的是他者，其實是自己；猶如輪迴，魔界轉生，怎麼再次為人？

青春正好的美少女，回眸一瞬是戰後荒寒的連綿廢墟；祈盼孤寂有人疼。愛？在彷彿依稀的絕望中，最幽深的暗夜，渴求天光漸亮的黎明。

七十年後，她在逐漸失智的矇昧裡，依然是以為還在青春正好的美少女，喃喃低語……誰搶了她暗戀的俊秀男子，竟然就是最為知心、依伴的：閨蜜？半失智如在迷霧間，是誤解，還是嫉妒？

美國B—二九轟炸機用燃燒彈，火攻臺北城，從大稻埕避難到三角湧的高三女孩，不期而遇在清水祖師廟雕刻石獅子的男孩，深眼且帥氣，悄聲輕問：臺北小姐何姓名？

而後是臺北小姐六十七歲的兒子和前後年歲的朋友假日晚餐酒聚……唱片公司總裁終於告之：母親去年過世了，怕叨擾友群，告別式不說，辦完就好。敬大家一杯溫熱的陳年紹興酒，珍惜今晚相約，決絕在出國登機前夕，斷然取消既定行程！難得約定，不容錯過。啊……時不我與的真情，我們的年代一說就是三十年前，晚秋同老，夢相與未忘。

十年前小說這樣訴說著——

阿嬤笑而不答，兀自繼續教著興高采烈的兩個外孫。是啊，誰教的？阿嬤回首歲月……可不是深眼少年，那雕刻石獅子的小學徒嗎？引領著叫周淑的少女，輕步過溪橋，對岸白花花，風中舞動著芒草，黃蝶及紅蜻蜓飛過，她驚豔般地輕呼出聲，少年採下一根五節芒，雙手轉了幾次，變出一雙栩栩如生的蝗蟲：「欸，臺北城的小姐，這，送給妳。」阿嬤的印象中水般的漣漪泛開了，片段記憶時隱時現，卻怎麼都停格在三角湧的十七歲……。

同年一九五三出生的藝術家，從琉璃到瓷器，英挺的容顏似乎歲月不留痕，笑著稱美他，皺紋比我少。又是多少年前的新北投酒家一別，又是十多年後的今日重逢，再相敬一杯酒……我們自然憶及青春年代傾往川端康成小說《千羽鶴》所描寫的「志野陶」，粗礪的茶盃上沿留存著一抹若有似無的紅唇印。

二十年前小說，以母親作題——

父親惱羞成怒，一連串粗話，母親等他罵完了，也忍不住，提高音量，語帶嘲諷：是啦，只會幹公殺媽，不要外頭代誌不順，就回來大小聲，我是欠你的嗎？總之，兩萬塊拿來！父親聲調低了下來，有著某種心虛。急著要錢做什麼？給你去侍奉白玉樓酒家的麗華，是不？父親一聽到「麗華」兩字，隨即噤聲。不要以爲我不知道，人在做，天在看。父親不再應答，顯然的理虧讓一向逆來順受，隱忍、壓抑的母親終於一抒心中塊壘。我怎麼知道？整個大稻埕認識你的人都在說，右桑和白玉樓的麗華相好……我沒面子無妨，至少你也要替你家裡想一想。

誰說童年無知不懂事？記憶終究回溯，不是埋怨亦非譴責。父親辭世三十年了，疏離的自始不解上一代人的恩怨情仇、悲歡離合，他們的生命苦澀及其深藏內心的不予人說，是那封閉且絕望的黑暗，關於歷史轉折的不幸，我試圖尋索。

小說，其實是夢裡最真實的恐懼……？前生的迴影，來世的預告，今時的隱密。卡夫卡睡起時發現蛻身成蟲？伊藤潤二的漫畫比文學所能描摹的人性之無助還要絕望！宗教善意的正向引路，光明螢亮之途的終點何是？沒有人從那裡返回告知，就自我尋索一種安靜，因為如此，以文學作為一個人的：聖經。那是相信亦是執著，彷彿走到生命盡頭，接引的是眩亮的光焰或是無垠的幽暗，就去吧，再難回首，不必悔憾，終是人生一場。

穿過少女時代初見的石獅子方剛雕刻而成的青石歲月，什麼時候老去了？還能抬腳跨過廟宇的門檻，但見中堂的隔水觀音拈花微笑，驀然憶起早已逝去很多年，曾經留戀在綠袖紅塵的酒家的男人……是愛也是恨，今時只能自言自語，就在逐漸失智的矇昧之間，迷霧蒼茫；她，連流淚都遺忘了。

6

有一年，秋紅京都在哲學之道盡頭南禪寺旁的永觀堂，靚拜有名的側臉之佛，靜謐中我竟用力擊掌三下？以為是由衷的禮敬，卻是失態的意外叨擾……側首之佛沉默，我一時之間有著不知所措的，無比愧然。

斷裂絲帛一般地決絕。那是我向來生命犯錯，誤認時的執拗嗎？自以為是抑或是無意中違逆了「主流」？今時已忘昔，也許寫下的文字、思索的方式都早就不合時宜了。逃離臺灣……這愛恨交織的原鄉愈加陌生，妻子貼心帶我抵達飛機航程兩個半小時的扶桑之島：日本。異國旅店幽幽睡起，紙門、藺席、櫻花、楓葉……昨晚懷石料理配酒的大吟釀、燒酎，多麼美麗。

是啊，多麼美麗。此時此刻是二〇一九年七月二十四日凌晨四點二十分（派克鋼筆寫下這一段文字），紅標籤的五十三度金門高粱背面特別註明：金門地區專用。多麼世俗的討好和諂媚……？老式雜貨店才能買到年節酒，他們養了幾隻流浪貓，成為我所居住二十年大直的風景；猶若馬奎斯《百年孤寂》描寫的馬康多村落，如此之魔幻寫實。

絕對寫實而不魔幻的絕美小說，應合於我一生相知相惜的老友：王定國。六旬過後，你我都還在書寫。相信以及執著以文字安身立命，是抵抗還是耽美的詢問生命的本質、存活的悲歡意涵？誰在暗中眨眼睛、敵人的櫻花、那麼熱那麼冷、昨日雨水……小說如此命題，昔日那麼孤寒、無措、悲涼的小孩自始自終一直不曾離去，夢一般地印證美與愛不渝的追尋；但願快樂，不再哀傷。

京都？我們相與的夢土。猶如攝影名家：郭英聲 line 我的相片，兩隻漂亮的橙色貓，一定是他所愛；魔幻在夢中，醒來最真實。於是我留下京都之詩——

深秋之色：紅與黃
緣乃靜謐襯景
莫非是眷戀不捨

旅人的去春回眸

楓若霞，金黃銀杏
葉片可寫俳句
松尾芭蕉行
不朽的奧之細道

總念及春櫻四月
尋訪花訊卻未開
瓣葉羞怯含苞
猶若戀人等待多時

於是深秋相互允諾
年華般紅熟的心思

我們以葉片印證
花開花落靜好無聲……

這是一千年前唐代未忘的美麗約定嗎？彷彿依稀的在深眠中糾纏地暗自微嘆，所以，妻子不時帶我來到京都；似乎熟稔，依然陌生，一次一次再一次又一次，抵達之我還是些許惑然，些許欣慰的自語：又來到夢寐以求的日本京都了。抵達就好，抵達就……左腕上的Swatch自動上鍊機械錶鬧脾氣的總是一慢半小時，不怪它，怎不知此一磨損齒輪的「環保」手錶早就設定功能停歇的時程；資本主義橫行的消費年代，不容修補，只能求新棄舊。

夢，深邃陷入。裸胸、盤髮的長裙女子，姍姍而來，紅唇如櫻桃，媚眼若夜星。做愛吧，親愛的良人，長安此地千里之遙的沙漠邊關，突厥美女多嬌豔，裸身一絲不掛，羊脂般細緻的雪膚、藍眼，跨坐男人身，母獸般恣意叫喊，性高潮極致的悅樂，最真實的生存意義。

醒，滿眼含淚。不是婉約，不捨的情慾纏綣，反而是自始憂心島嶼之亂；多少次了？別去回憶不再想……這樣最好。疑惑省思：既想遺忘卻又如同鬼魅，入夢來，糾葛著好久都不思回返的記憶，這樣非常苦澀；是否暫且離鄉，不思不想，就美食，就美女（藝伎）京都之詩的末段，這樣寫著——

三十三間堂擁擠
觀光客及數不清的佛像
佇立千年是否腳痠了？

只是金閣寺的鳳凰
浴火成了小說想像
三島切腹的短刀血跡

抵不過金箔俗麗
月雲清攏子夜五重塔
所有秋葉入眠了
我乃魚般浸泡溫泉……

千尊佛默禱幾世紀，依然救贖不了人間的諸行不義。鳳凰百年一次浴火重生，還是哀歎於滾滾紅塵的刀光血影。彷彿失禮之我冒昧擊掌，擾了清靜，側臉之佛笑藹俯望，一定笑說——本就是俗人一個，回頭吧，回頭……佛要人懺覺，放下乃至浴身，靈肉潔淨，這是與自己和解的，約定。

原載於：二〇二〇年三月鹽分地帶文學

1

應該是最後一次的求職吧？真切祈許重返十多年後久別的報紙領域，我終於鼓起勇氣向曾任三屆立法委員，而在第四屆因脫離他曾擔任過主席，從在野到終於執政的本土政黨，卻落選了的老闆請託：想回報社的主筆工作。

電視評論員不是很好嗎？每晚不同頻道都看見啊！他在話機那方，些微瘖啞、倦意的問起（落選後的蒼涼？）。我有著愧疚的小小歉意，十年前斷然遞出辭呈，離開國會辦公室，事實上是自知對他的政治前程毫無助益，領一分月薪，良心上過意不去……。

你，從來不曾向我要求過幫助。是，經濟上有過困難嗎？……前老闆凝聲再問，我一時噤語，隱約之間是沉默的微嘆。能再說什麼？直覺是對不起妻子從不給予我這沒有固定正職，要求和壓力的疼惜和理解；但是長年以來，疏於幫襯家計的羞愧，印證自己是個多麼沒用的丈夫……妻子說，你就安心寫作吧。

晚風習習，月色蒼茫。我請求前老闆向友好的報社發行人說項，回到半生熟稔專志的編輯、書寫的工作，祈盼穩定的月薪收入。立意就此辭別十年來如職無定所、漂浪在各家電視臺，蝴蝶亮麗，內在虛無的時政評論員工作……那是黑洞，是深淵，絕非一片淨土。自以為是為了家國更美好的評言，不免多少也是意氣用事的錯覺；表演的丑角、謬誤的口業，自傷且傷人，何必如此？我決意離開，渴求懺悔後的：安靜。

踩著月光，晚風吹來。前老闆雅意的為我在五星級酒店安排一次極其昂貴的求職盛宴：華麗的廂房，二十四人座大圓桌，報社的發行人、總編輯都來了。想必都已知此宴無好宴的赴約，美酒、好菜用餐之間，一種沉重而訕然的不自在；我在年已五十五，合該在此年退休的晚秋之人，隱約察覺到，事將不成只是安慰。

我們報社即將轉賣，也是存亡之秋了……。即將轉任黨營電視臺總經理的報社總編輯終於說了。平面媒體今時抵不過電子傳播，林兄你在電視評論政治，相信比我們更了解這一困境，只能說，請多包涵了。

位高權重的發行人那沉鬱、無奈的眼神，舉杯引領眾報社高層，向我和前老闆齊敬的手姿，彷彿是相互告別一個時代的儀式。最後的求職未竟，我同時毅然離訣電視評論員角色，回返專志的文學，寫字度生涯。

就在書寫這一帖文字之時，感念於前老闆終究雅意的為我安排十年前一次美好的盛宴，意在不言中的真切關懷；此刻憶昔，內心如這夏炙裹身，燥熱中一份溫慰的清涼。暫筆發了簡訊請安，祈許回憶錄二冊再續好筆，他從很遠的異國旅程立即回訊——

我正在做「告別世界之旅」，遍訪法老陵寢、約旦古城、浸泡死海之後，沿陸路經巴勒斯坦進入耶路撒冷。垂頭哭牆，遙想臺灣烈士仍魂遊臺灣上空，不禁淚落……。

一代強過一代，我已垂垂老矣，我的聲音太嚴肅不符合潮流。我的書也不是寫給現在的臺灣人看的。現在臺灣人也不會想看。我是在對歷史傾訴……。

——施明德二〇一九年七月二十六日

2

贈酒之人最知心，乍遠還近念鄉情。

社區警衛告之——你的朋友送酒來，請林先生下樓簽收……。

生活如此日常，何以昔時樂於友群歡快、熱鬧之我，今時會是一個孤僻、自閉之人？讀與寫，拒絕外界世俗的邀約，是否昔日話多，天譴的噤言必須。

剛從中亞回臺，華航班機上歡喜拜讀您的副刊散文，伴我長程飛行，很溫暖，託一瓶：金門純麥酒，一定沒喝過，試飲再續豪筆。

其實是住居相隔不到兩公里的距離，原鄉是：烈嶼（小金門）的作家貿易能手洪玉芬。我曾以「飛翔的文字」為她序書，文學是理想，貿易是現實；洪玉芬長年飛翔來回於伊斯蘭國家，我們所誤認的沙漠大地，少人未如於這小金門女子的深刻熟諳，終究用散文留筆。

回眸迷霧之間的海色蒼茫，少女時代的洪玉芬青春回眸，竟是難以航渡對岸的中國廈門⋯⋯。敵對的危險在四海里之近，都是血統相似的閩南人，何以一水之隔四十年鄉親不見，多麼殘忍？

喝著她雅意贈酒，彷彿置身於她小金門原鄉；我不喜歡另名「烈嶼」，意味著八二三砲戰，斷壁殘垣的徒然耗損。小女孩洪玉芬彼時印象何如？誰人命名「烈嶼」？慘烈的死，孤懸最前線的島嶼……夜深人靜，想起曾經抵達小金門，庇護之神不是眾所周知大金門的風獅爺，而是昂然的公雞。

陳年高粱不稀奇，金門竟然出產純麥酒才令我眼界大開：純度四十三。舌間驚豔宜起舞……對岸廈門的中國解放軍如若印象不忘的金門高粱以外，再飲麥酒，讓堅硬之心柔軟，好酒一笑泯恩仇；大、小金門幅員一百五十平方公里，和對岸中國廈門一百五十萬人口，相對三十分之一人口的大、小金門人，如何辨正誰是誰非？輕盈起舞，請勿再次登陸部隊，中國解放軍怎能了解臺灣？

盛名長年的書本設計家，如我所願地賦予文學半年一期雜誌，以跨頁的廈門港遠景作為插圖；海霧朦朧，晨時或向晚都那樣美麗，搭配以金門作題，我的散文：〈島的對望〉。

我，曾在廈門回看金門，更早前金門遙望廈門……舉世沒有一個禁制、閉鎖、殘酷的獨裁政府，不容許當初被強迫因內戰失敗，退守臺灣島的異鄉人，四十年不得渡海返鄉……就只有四海里的距離，咫尺天涯啃嚙著日以繼夜的鄉愁，老死都憾恨以終。

端午、重陽，年節酒，手藝卓越的書冊設計家一再與我分享；美術編輯工作室在臺北昂貴的信義區，昔時人間副刊出色的主編高信疆先生引領的好手，金門人：翁國鈞，筆名比本名更廣為人所知：翁翁。畫與影之外，散文和新詩書寫原鄉亦然風格獨具。

很多年很多年以後，詩人林彧在鹿谷原鄉的春節寒夜酒聚，送我一個標題，祈盼書寫未來之書：沒有意義的記憶。我苦笑答以——既然沒有意義，又何必留存記憶？哈哈大笑，我清楚瞥見方過六十，昔時美少年詩人的林彧，眼角閃過一抹淚光，他倒了金門陳年高粱敬酒，顫然、中風之後的手，是那樣沉定握著杯子……。勇者不懼的出版新詩集：《嬰兒翻》，我，吞嚥了。

我，常喝翁翁所送的年節酒。

翁翁啊？時報老同事，還有何華仁。

相敬之酒，六句過後盡是追憶逝水年華。鹿谷冬夜，窗外微雨悄聲，我們青春回眸，中年昂揚，晚年靜默，就這樣吧。想起金門一樣的冬夜，旅店窗外煙火般璀燦光影，那是廈門的繁華夜色，四海里外的另一異國；感謝翁翁最知心的酒。

3

香港電影三級片：《金瓶梅》中的潘金蓮演員是日本 AV 女星？分明還是純真美少女的青澀卻又要表現出煙視媚行的色慾模樣……事實是失敗的被動表演，光是以廣東、北京語言配音，小女孩還是對嘴參差、誤差幾分，子夜未眠看電視的我，不禁掃興了。

我少時主修傳播，十六釐米攝影機都拿過，那時電視新聞必須要以此神器方可如實收錄。也曾參與九十年代初的電影客串演出：黃明川導演的電影「寶島大夢」，那性變態、私賣軍火的外島指揮官角色……床戲一段，女主角不脫衣，僅因為拍戲過程她正和飾演逃兵的男主角談戲外的真戀愛，堅持換景為性愛之後的冷酷交談。飾演指揮官的我，點燃一根菸，用力塞入女主角紅脣中，意識流就好了。

女性編劇在攝影機後，毫無表情的看著我；沒有劇本讓我背記對話，只有導演告訴我，你啊就如是演出就好。我同時回望那文筆極好的編劇，如霧迷茫的眼神輕柔飄過，不帶一絲感情。

全然失敗的香港情色電影：金瓶梅。欲語還羞的黃明川電影：寶島大夢。寧可是子夜時分，靜謐中祈待忽而狂烈、暴動的日本色情影碟之播放……風間的巨乳、波多野的憂鬱、舞香的狂野、川上的清純……不必偽道德，她們很迷人。

比較：紅樓與金瓶二書，前者造作，後者真實。猶若李翰祥的「金瓶雙艷」真是非凡絕品，選角如此適宜：楊群之於西門慶，胡錦合於潘金蓮，李瓶兒如是恬妮之美。不必偽道德，她們很迷人……。那又是多少年前的風花雪月？美人遲暮伴我同老，子夜情色，唯留輕嘆。

4

北極融冰，格陵蘭、阿拉斯加高溫……暖化的地球，想見未來更加不幸；五十年後的海岸城市將是怎般地如百年來一再沉沒的水都威尼斯，湧潮海浪襲奪入侵陸地。

暖化，事實是烈日突破大氣層，人類長年製造的二氧化碳……汽車廢氣、工廠焚燒的人工禍害，一個歐洲小女孩凜冽質問——大人為下一代的孩子做了什麼？

我，不應該抽菸，無意識以此排遣，不應該開車，或者踩踏單車代步最好。天涯海角，萬里之遙的北極：冰山裂解，熊與海豹難以佇足安身？鯨群不再唱歌因為滅絕的恐懼……。水母和紅藻之警示，未來很接近的未來，下一代子孫，這一代的大人的我們，今時的憂杞如何就當沒事的，自圓其說？

溽熱之夏，冷氣轉動馬達的嗡嗡槳葉聲，猶如抗議的喧譁。我沒有懺罪的依然抽菸，寫字、閱讀，如果書房有一天因為極端炙熱，所有乾燥的藏書自我焚燒了起來……古老靈魂怒聲的從一頁一頁紙張中的鉛字裡突圍，水的抒情、露的清新、雨的暴烈、雪的冰寒……百年文學，書寫何用？是啊，此刻我正以鋼筆敬謹的留下每一個句子，遙想北極融冰的隱憂又為了什麼？

伐樹以造紙，譴責森林逐漸消失，丘陵地剷平建築大樓，農田廣布別墅，是否堅持手寫紙頁之我也是耗損大地自然的幫兇一個？無意識抽菸，不為所謂的：靈感，究竟所為何來？寫作是天譴或是美學的質問，一本書完成，犧牲一棵樹；想著想著，值不值得？

什麼時候天亮了？陽光從緊掩的落地窗帘下端閃下一抹光焰，氣象報告新來的一天又是三十六度高溫。乾燥和悶熱重複的延伸，彷彿絕望的現實存在，何處有清涼所在？秋如夏，丘陵上大樓林立，庭園種櫻花，枯枝殘綠待春來，緋紅是心痛無奈……花開了？

我，應該入睡了，又怕夢來叨擾，地獄之火，前一代亡故的所識先人蹙眉黯然，未完成宿願，譬如前世未了的情愛，生前還沒寫完的一本書；為什麼就死去了？想念你們，卻又厭倦於夢中那炙熱的火之地獄，為什麼？

用一杯酒敬辭世的你，什麼話都不必說，用一根香菸替代焚香，那是我一切都在不言中的由衷思念。我和你最初以及最後的約定，那是永遠未完成的文學、辯論不休的難解課題，彷彿一生自始至終的國家定位、意識形態的疑惑以及彼此的，嘆息。

應該要睡了，夢不要來，我祈求。

惆悵，茫然，怔滯，默言……。死般地沉沉入眠，空空的什麼都不必存在，恐慌症留給白天的絕對清醒，似乎有事還未完成？到這年歲，手上不能持二物，拿了手機忘了鑰匙，只記得結婚紀念日一定要送一束玫瑰給妻子。約定？不須強調，每一朵花都是深愛不渝。

5

文義：週一到辦公室，首先找出昨日聯合報，讀大作〈秋天的孩子〉，這是你近年寫得最成熟的作品，平實中有一股感人的力量；寫活了我們那個年代——六十年代雖然已逐漸脫離克難歲月，但八十年代，流金歲月尚未光臨，七十年代，希望的曙光似乎還未照亮天空，我們還活在「悶燒鍋」，家家戶戶的日子都不好過……。我們的父母都在爲掙錢奔走，辛苦萬分，所以永遠不會給我們好臉色看，但心底還是愛著我們；就像你的父親默默託人讓你拜師牛哥，我的母親默默的爲我洗澡——在打罵之後，在我逃家又回家之後……啊，你將那個詭異的年代拉了回來，那氛圍是我們一輩子難忘的，感謝你我手裡都有一枝筆，讓我們爲自己走出一條路來，讓我們繼續共勉！

——隱地二〇一九年七月二十九日

一封彌足珍貴的限時信，臺北盆地十足窒悶在高溫三十七度，猶如信中形容「悶燒鍋」中的極端溽暑，敬讀來信，一抹清涼意。十年來，書桌左側傳真機電話撥出或接聽，頻繁的請益，文學、出版、時事……更多的是交換觀點和回憶，如兄如師的隱地先生。十年？好像一個時間紀元，一九九五年到二〇〇五年，傳真機電話通訊時刻總在子夜三時，我算準是北美東岸的午後三時，中風養病的小說家，已然辭世近十五年的郭松棻先生，每週一次的越洋通話，都是最真切的請益。我們不談文學，他要我告訴與我年輕時相與的原居地：臺北大稻埕的近況，彷彿歷史追溯，紐約和臺北距離一萬公里路，懷念原鄉的心如此接近。

郭松棻小說集：《奔跑的母親》和隱地散文集：《漲潮日》，相差一歲都在彼時依然城鄉風情的，二戰之後方興未艾的臺北市，郭唸城北的日新國小，隱地讀城南的女師附小……兩位文筆秀異的作家不曾相識，巧合的是熟稔著青春年代的文學朋友是：白先勇。說來我這文學晚輩何其有幸，前後十年承蒙不棄的容我，請益學習。

學習的，是郭松棻和隱地先生那大器、慷慨、無私的人格風範；曾經在三十年前報紙副刊主編的五年生涯，秉持好作品一定盡速發表，平庸來稿者反而意見最多。動用和報社高層的關係，或言鄉親，抑或海外關係……我在大散文書：《遺事八帖》寫了副刊編輯工作中遭遇的一段，只能苦笑而憾然了。

彷彿再再追憶「逝水年華」。郭松棻至死未曾留下回憶錄，他的保釣年代，而隱地在八旬之年，竟然無比勇健的寫下：《年代五書》……不是他個人自己的文學、出版回憶，而是半世紀五十年的臺灣近代史留記；他開創了「年度小說選」，他主編過的「書評書目」雜誌。

本來在最初婉拒聯合報副刊編輯，也是散文家王盛弘的邀約——我，能否不寫呢？微小品名之：《掌中集》正在貴刊以專欄形式發表，再寫一九六〇年代回憶，有意義嗎？質疑地想逃脫，盛弘不允，平靜的在電話彼端勸說——請一定要寫。我拿起電話，請教隱地先生問說——寫或不寫？他凜然答以——一定要寫！聯合報副刊方剛呈現一九五〇年代追憶錄，隱地寫過童少年華，相片中那眸光閃亮，剛入軍校的柯青華，懷抱何如之夢？

是的，就在隱地先生來信的前一天，我的散文：〈秋天的孩子〉發表了。一封彌足珍貴的限時信，寄自爾雅出版社，如兄如師的讀後感言，猶若他的名著：《漲潮日》一樣都是少年時不知所措的青春……。

秋天？昔時的悲歡是自以為早凋的落葉，今時竟然是最芳醇的好酒，敬一杯！祈待他的：《二〇二〇》日記書。

6

蔡詩萍來訊問——我們何年去馬祖列島的東莒？原來他在臺北之音電臺向晚六至七時訪談今時的：東莒燈塔看守人。

滿天星，藍眼淚，闖江湖……。九年前的初秋記憶，詩萍夫人林書煒、李天鐸夫人程湘如，我的妻子曾郁雯，三個美人如歌似詩的面向夜暗如墨的海潮笑意如三朵盛放的牡丹花。

我們喝完好喝的：東湧陳年高粱，南竿的老酒，倚著正在整修中的東莒燈塔合唱老歌，彷彿唱給夜星聽，是啊，今宵多珍重、月亮代表我的心、酒後的心聲、幸福進行曲、隨風飄去、舊金山的花朵……華語臺語英語，誰想起什麼歌，大家就合唱的自然。

翌日午後返臺的立榮航空 DHC-8 五十六人座的螺旋槳班機上的所有嘔吐袋，幾乎被這午間在「阿嬤的店」迷人甜蜜老酒灌醉的三位美人用光？多麼快意、率性，豪情的放懷意志。

燈塔？維吉尼雅．吳爾芙的家族旅遊記憶，小說真假如何，不必揣臆，只想到她在衣袋裝滿沉甸的石塊，一步一步不懼的走入河深處，滅絕自我。

其實，蔡詩萍、李天鐸和我喝得比三位夫人還要多，何以男人不醉女人醺然？希望她們酒啜真情最快意，悅然如歌詩自然。美麗，在女人酒後一見。

島以及海，默契般地雙手互握，原來這俗世紛亂中，有一個值得深情等待，是前世彼此約定嗎？如果是真愛，遠離千里還是思念。親愛的人啊，我為妳唱一首歌，稀微之間，隱約有淚，掩飾的再敬一杯酒。

星光如此燦爛。只有在遠離臺灣的離島才能真切仰望，全然靜謐的氛圍，每一顆星都是你要尋求的命名。夜深人未靜，歌聲擾人心。整修中的東莒燈塔，一片幽暗，就用高吭之歌喚醒拂曉天光吧，做不做得到？

美人們是否在歌唱之間，兀然憶及少女時代初戀的欲語還羞，臉紅心跳的牽手？睡夢深處祈盼幸福，不由然咯咯出聲的笑了……而後走著悠悠歲月，回眸一望，是等候妳好久，摯愛的男人。

是啊，最心契的約定，牽手過一生。

東莒島，很小很小，旅人的夢很大很大，滿天星在上，藍眼淚在下，自然自在的放懷唱歌吧！李天鐸來到這馬祖列島不免些許近鄉情怯，曾經是最靠近中國大陸的高登島指揮官，但見高歌時夜色中，眸光微瀅有所感觸……轉換心情，回溯百里之遙的臺灣，只有不斷的政爭而無共識的和解與傾聽。

回想美麗的東莒之夜，說好不談政治卻依然憂國之傷情。詩萍忽然問我：「東莒」哪年去過？二〇一一年初秋，從基隆港入夜二十三時出海的：臺馬輪，拂曉的六時半抵達東引，再去南竿。狹窄的臥鋪，混濁空氣滿是消毒水味道，半睡半醒之間盡是沉沉的輪機低吼，以及船舷外的潮音湧浪，索性不眠，上了甲板，大海一片黑，夜雲中忽隱忽現的弦月……。

方位辨識，離岸多遠
是我此刻眺望的思念
舷畔微霧，視景溼濡
給我光吧，以及戀人底溫柔
黑夜是最美的等候
星如花束，邀愛共舞
銀之純淨，海之深沉
月光綴飾妳長髮綣纏如浪
香氣襲人，醒編織夢

原載於：二〇二〇年十月五日、六日中國時報人間副刊

1

黑澤明最後的電影，四題合一，感動我的不是死後的嘉年華會，不是借以葛飾北齋浮世繪〈紅色富士山〉，反倒是進入隧道的幽靈軍隊……觀景者之我沒有驚懼，反而是一種無比的虛無，淡漠的哀傷。迷霧如此蒼茫，死滅在異鄉，被二戰時日本軍國主義戕害、剝奪自由意志的年輕人，鬼魂依然漂泊著。

前輩作家在幾杯酒後，凜然地說了他年輕被迫從軍（抓伕），國共內戰更被強行帶來臺灣，因為蔣介石敗於毛澤東；五十年代初臺灣人二二八事件後，更恐佈的「白色」時期於焉暗地展開，國民黨政府堅信有成千上萬的共黨分子，名之「匪諜」隨著一九四九大撤退，來到這實是美國占領，中國託管，日本的「南方疆土」……

大年夜，淡水出海口對岸的窮鄉僻壤：八里。通訊兵的前輩作家那時好年輕，還是個十八歲青澀少年，每天靜靜看海，一百六十里之外，就是回不去的大陸原鄉；悄然流淚，不能讓長官看見，否則一陣拳打腳踢的毒打，比一隻狗還不如的輕賤……思念離鄉時都不被允許告別的父母親，國共內戰，中國人打中國人，喝著戰壕旁大雨如曝的水，怎麼透溢著微紅竟然是方剛戰死的同僚血水！這是中國百年的冤孽吧？作家柏楊（郭衣洞）先生曾經痛切的說過——中國這民族，不滅種，沒有天理……不是詛咒，不是嘲謔，而是愛之深、責之切的，絕望遺言。

大年夜，竟然有喝不完的金門高粱，異常豐美的海鮮，肉食盛宴……？長官們高昂的嗓音意外些微顫抖，某種不安與詭譎地森然暗淡——同志們，不醉不睡，儘量吃，盡情喝，祝大家新年快樂！

多麼難得啊，香嫩的梅乾扣肉，白帶魚乾煎，蒜蒸小卷，清炒高麗菜，牛肉、肥腸、鴨肫拼盤……他們歡笑，用力喝酒，齊唱懷鄉之歌，淚與笑交織那沒有青春、盼望、未來的當下一刻，明天還會來，淡水河口的八里，百里外回不去原鄉。

政戰指導員（往後叫：輔導長）忽而近身，悄聲的將通訊兵的前輩作家叫了過來，出了營舍，外面已是一片夜黑，對岸的淡水鎮幾星燈火……我，犯了什麼錯？微醺的前輩作家幾乎因孤疑、微驚的全然酒意全無，怎麼回事？

今夜，你換通鋪床位，睡對面右牆畔；記得，別在老位子，明天起來，什麼都不能說，不能問……明白嗎？指導員說。為什麼？前輩作家還是問了。指導員凌厲了灰白著容顏，輕怒還是更小聲了叱道——這是為你好，照做就好了，噤口！

我的家在山的那一邊
那兒有茂密的森林
那兒有無邊的草原……

萬里長城萬里長
長城外面是故鄉
高粱肥大豆香
遍地黃金少災殃

營舍裡，酒正興奮，美食怡人，歌音合唱皆思鄉，故國隔海人不見。聽著聽著，前輩作家不禁溼了淚眼，回眸夜海一片黑。

怎麼睡去了？清晰的警覺不可無，帶著寢具，遵循指導員指示，移位營舍對面通鋪右牆畔……大年初一，春節首日，竟然沒有日常的起床號，多麼體貼的可以一睡酒醒到上午九時？怎麼對面自己所屬床位的全連半數同僚都不見了……？難道是自己深醉不起，真的驚起不知所措。

四十年後，前輩作家黯然地再次舉杯敬酒，搖搖頭，沉聲的說——他們都被裝入麻袋，拋入淡水河口。宴無好宴，大年夜高粱酒加安眠藥，連死都不知道的，我們通訊連一夜之間少了三分之一同僚，誰都不能問……反正，他們都是「匪諜」，好兄弟般的感情啊！

好像，那一刻就跟著他們死了……前輩作家慨然的酒後往事，都四十年前了；終於明白何以散文名世，卻倦於提及青春時在軍旅中的詩人之名：沈甸。昔時十八歲，回想往事，心自是無比黯然。

2

久未回返的山宿，滿天閃爍星光，鋪石小徑兩旁的落羽松如此溫柔；房室落地窗外河岸還幾乎覆蓋去整個露臺的百年樟樹，繁茂的枝葉間，飛閃過一隻夜鳥的暗影，藍鵲嗎？印象中一樣在去年同樣夏天的晨起，晴亮的陽光透明到小河對岸的森林翠綠欲滴地清晰……拉開落地窗踩入些許枯葉殘留（是前秋凋落未掃去的嗎？）

的露臺，齊鳴乾燥，低吭的鳥音，最近的樟樹彷如巨蛇橫陳的枝椏上，一列四隻藍鵲？牠們賁張的亮麗的尾羽，不畏不懼的直面我這睡眼惺忪的都市人……抗議我侵入了牠的領域？我這隻人形的貓頭鷹凌晨四時入睡，怎麼被時而侵入，與我無關的某一本小說，電影情節竟如噩夢的凌遲，掙脫醒來的幽茫，意外和鳥群相遇，很好啊，早安。

小河是上游吧？海拔四百多公尺，磊岩四布，湍流，深渦，其實危機潛伏；夏時不諳的戲水人，頻傳奪命意外。岸邊立著一塊明顯的禁制警告牌子；不准游泳。還是眾者視若無睹，大人小孩扮演冒險家，歡聲笑語，驚嚇了鯝魚的原鄉。

小河有個古老的名字：大豹溪。百年前，這是上山採樟製腦的漢人難以進入（或暗自潛入？）的原住民泰雅族的領域，下游：三角湧，日本領臺改名為：三峽。大豹？應是那時還未滅絕的「雲豹」吧？我聯翩幻想，一百年、兩百年、三百年……寧願是更遙遠，漢人先民未曾抵達的原始森林地帶，插天山和雪山的美麗版圖。

前時，重讀馬華作家：張貴興小說《猴杯》……就那詭異、魔幻似的迷人文字相對又進入此刻的夢中；一條婆羅洲密林深處的河，如大蜥蜴以四肢爬行，擁抱著異形般嬰兒的女子，茫霧般地幽玄……

雲豹，真的全然絕跡了嗎？我想請問：藍鵲、夜梟、鯝魚、山羌……只有大豹溪流域的你們，見過或未邂逅牠的存在與否？泰雅族百年前祖靈啊，怎麼說呢……獵取過雲豹的毛皮，製成冬衣禦寒的泰雅人先知一定在百年前為我以獸骨、篝火、樟樹枝葉預言且明示——百年後，你的一生將被寫字定刑的漢族後代，在河下游終會等候一個三角湧女子，那是永世之愛。

大豹溪下游連接著橫溪、三峽河，再合流入大嵙崁溪，注入壯闊向海的淡水河；我是大稻埕出生的孩子，四十年後終於為似乎熟稔卻又陌生的淡水河域寫了一本歷史、地景之書：《母親的河》

一九九四年臺原版。其中以大稻埕作題中一則名之：〈誰是蔣渭水？〉，蔣渭水是誰？同樣是宜蘭人的黃煌雄先生可感的為這位抗日肇造「臺灣民眾黨」的醫師革命家立傳，壯志未酬，悒鬱而終：蔣渭水先生（一八九一～一九三一）。

前年，版畫家老友：何華仁。引領拜謁位於宜蘭礁溪山上的墓園：渭水之丘，欲雨未雨的午前陰翳，霧漫蘭陽平原……倚欄遙看十海里外朦朧，隱約的龜山島，細視敬讀墓前一方鐫刻的蔣渭水評言於一九二一年，為臺灣人性、智識，所開出的首張診斷書；〈臨床講義〉如此深切——

道德敗壞，人心刻薄，物質慾望強烈，深思不遠，腐敗，卑屈，怠慢，只會爭眼前小利益，智力淺薄，不知立永久大計，虛榮，恬不知恥……

回想，如夢中之夢的小說、電影，干我現實何以，卻是不由然沉痛隱約；三十歲時的先知；蔣渭水無比絕望的「診斷書」距今凡九十九年，映照今時的臺灣人性及其智識，更加的壞毀和墮落，一切都是徒然啊！

猶如此刻從凌遲般的夢中午醒，掙脫如是的再回山宿，夜星滿天，落羽松靜美；手持十八天臺灣生啤酒，在百年樟樹下的露臺，不見河水白晝曾經銀亮，跳躍的鯝魚群，幾年前一次颱風，土石流覆蓋了河面三分之二，依然磊岩散然，鯝魚啊，還存活著嗎？像臺灣人的我們，不知所措的茫惑。

3

很少上網的智慧型手機，倒是留影了一千張相片。看著孫子成長的容顏循序，朋友、同學的歡聚時程，沒有距離的盡是美好的惦念；記憶，意味著逐漸老去的自己，沒有遺憾，只是生命過程的回溯。

意外的拍攝下二十七年前幾近遺忘的手記集……那是十八歲到二十四歲的心情紀實，可能原就是一冊滯銷之書，內置版畫的插頁出自設計名家：吳璧人。一九九二年皇冠版，一直是我認定最美麗的絕版書……

《漂鳥備忘錄》。備忘？只有筆和紙真情實意地留下我深切的懷想，藝術以及性靈，其實是懼怕老來的失憶。那是一次突如浮光一閃的夜夢，忘卻在書架裡久未抽讀的昔書，青春亮麗的停頓在夢的流域中間，久久不去的一雙銀亮舞動的翅膀；彷彿叫喚著我：你的純真留在這裡！

夢，究竟是深睡中的撫慰或是凌遲？四十多年後，恍然浮形顯影，隱約有時，清晰如故；是啊，青春文字都已寫下，猶若罪愆難以排除。折翼之鳥，斷鰭之魚，高飛和深潛，想忘又忘不去的糾葛和綿纏，那是釘刺我的懺情十字架嗎？

幽幽醒來，沉定的拍下這本書影。

重讀二十七年前出版的手記集，今時已然塵埃滿身的晚年如秋，尋常的冷靜自知：再怎麼理性也找不回彼時一廂情願的青春、愚痴，美與愛的無比堅持。

京都風景，手機收藏的美麗與抒情。宇治川橋頭紫式部的手卷石雕，鴨川上游的龜形石微浪輕波，第一道初雪的比良山野味食鋪，妻子拍下急落的雪花，此後成為我的散文集《酒的遠方》的封面圖像……冬雪如夢，竟然不冷。因為酒的緣故嗎？書寫此刻，我小酌而後持筆書寫，浮影隨形，彷彿人在京都樂飲大吟釀或赤霧島燒酎……前者想起川端康成，後者念及老友王孝廉的北九州生活。

4

櫻花和銀杏。京都東福寺以及御苑，晨間樹下的草坪上站著一隻體型巨大的夜鷺。我走近，鳥不怕人。彷彿是日常的盼望，妻子帶我去京都，海的天橋立，湖的大津市，熟稔又陌生。一定是前世京都人，今生傾往而戀慕，抵達猶若重返原鄉，安身立命的靜美。

北山杉。東山魁夷為川端康成繪製：《古都》初版本封面，華麗千金小姐竟然有個鄉間勞苦的孿生妹妹？電影中飾演的山口百惠，多麼的美。時光流逝，我們相與老去，北山杉，東山火，西湖水，南酒鄉……京都千年不變質。

智慧型手機，留下人與景的回憶，交錯在夢和現實的思念中。即將上小學的孫子最初那嚶嚶未語的凝視人間世，此時口條豐富的主動問起家族的離散，出生前的糾葛……我回答——因為相異未知心，就告別了，終究必須誠實面對人生，宛如瀏覽手機影像，何時何地，人在何方？緣起緣滅……以後，你們都會明白。

5

父親節。天方拂曉忽來搖晃，地震驚心？未眠之我但見客廳陳列的瓷器、琉璃沉穩淡定，倒是令我心智清明了起來。三分鐘後是方剛晨醒或如我一夜未眠的老友 line 問：下週四歡聚可否？……多麼美好的早安問候，都六旬歲過，你還珍重著。

颱風將至。猶若我們生死以之的島國總在晴雨交織的不確定中，不思卻又想？究竟是注定被歷史折損抑或幽冥中神與鬼的詛咒？憂國且憂時，寧願自我遠方放逐，離鄉而去不會快樂的。

父親？總是沉默少言，是宿命還是本然如是？一隻盡其一生行走在大漠荒野的駱駝，地震有時，颱風有時，側首、回眸下一代兒女，愛和疼惜都說不出來……被誤解的父親形象，某種威權和指令下一代兒女人生，真是如此既有定義嗎？轉身疲倦不讓孩子看見的父親。

母親節，送康乃馨。父親節，送什麼花？一棵仙人掌（尖刺如戰後療傷？）還是一瓶酒，父親微醺幾分似乎有淚，你看不見……美麗和哀愁，多心事的父親少是話語。於是在地震和颱風同一天的節日，所有父親默默地遙念起存在或已消逝的父親；他，一定有些心事未說，或者來不及說？

六十年前颱風天，父親背負著七歲之你涉過他及胸的洪水，緊摟著他，清晰聽見父親沉著而堅毅的心跳聲；一定要安全的將幼稚的兒子送到對街的小學樓上避難……二十年前大地震，多少父親雙臂緊緊裹護著孩子，寧願自己死去……。

上一代嚴厲，下一代自由，三明治般地我們夾在中間的這一代父親，就以最堅實、美麗的文學撫慰自己吧，閱讀比書寫還幸福，因為難以忘卻的記憶，試圖解析上一代人的禁制何以，文學自然紀實了時間和歷史……生死與之的島國，被詛咒的原罪。一樣的三代人父親，多麼憂鬱地放逐自己，心如廢墟……？如同一本年曆筆記，寫字的是真實，空白的是隱匿。

6

神案上：觀音、哪吒、土地公。三尊木刻神像習於每天合十掌拜，多麼久遠的童年到遲暮歲月，比我此時更老去的從前，神像是骨董般陳列，彩底鑲金，至少，您陪伴我一生了。

都是古老傳說，忠孝節義感動天因之成神。西方不拜偶像，他們獨鍾十字架上那被羅馬人釘刺死去，神話般三天復活的耶穌……我常疑問：看不見的天「父」何其殘忍？俯視神「子」被世間人戕虐、傷害，竟而噤聲……

所以，《聖經》是千年前的第一本魔幻寫實小說；未知馬奎斯如何詮釋這本有史以來最暢銷的書籍？馬奎斯《百年孤寂》回首《聖經》般的，孤寂千年嗎？

子夜，閃眨的星光，預言未語的沉寂，千萬年了吧？也許西方和東方的語言難以對話，觀音是否遇見過耶穌……前者坐在一朵蓮花上，後者背負十字架，都是品牌。

如此疑神，大不敬的作家如我者，死後定然被打下十八層地獄……第幾層是「孤獨」呢？也許我幸而遇見最衷愛、傾慕的：芥川龍之介。深刻不忘的不朽小說描寫著秀異畫師為了一幅畫屏完美，驚見城主下令焚燒的蒲葵車裡，竟是相依為命的女兒？漫天烈焰、潑墨濃煙、金粉般火花。這字句，這情境，文學極致之美！彷彿神啟，深切印刻在我的生命之中。

山脈在向晚落日成為黑色剪影，大海在拂曉籠罩迷霧，白茫茫一片銀藍。我難以文字真實的適宜描寫，是否猶若芥川小說那畫師致命的一刻？所有言之慈悲的天地眾神，請問：袖手旁觀的祂們當下在想些什麼？徒然，無從，淡定相約喝茶去？天堂有花香，地獄再輪迴。

天堂何人見，地獄在世間。

孤獨，在看不見的地方，更為強壯。文字是一種比宗教更勇健不馴的質疑，神之律則、法門竟由世人轉述？領悟或欺瞞，迷醉或制約……我回看神像，相對默然。

7

那時，在立法院任職在野黨主席辦公室主任，其實是直面對抗國民黨獨裁政權大半生，政治黑獄幾達四分之一世紀的革命家疼惜我失業給予我一份安家的工作。

沉默、穩定的上下班，善盡一個國會議員背後幕僚的職務，突顯老闆的秀異卓越，化解各方虎視眈眈、不合理的甚至走在法律邊緣的請託……因為林主任是媒體人，聽說還是文學作家，有他的傲岸吧？不是耳語，不止一次我隔牆聽見，甚至在正式會議上黨副祕書長似笑非笑，陰惻地向主席說，一雙蛇蠍般的眼睛瞅了過來……

淡然之我，自嘲回以笑意不語，內心不免一陣冰冷。這個本土政黨，一九八六年成功組黨時依循國民黨體制，成立所謂「中央委員會」，十足布爾什克的習自蘇維埃列寧肇始的俄國共產黨？我格格不入、不合時宜；相信老闆多少明白我不欲不求，只因為主席的大哥，小說和繪畫、新詩與中醫兼美的作家，生前囑咐的遺言——我的四弟在政治獄中絕食，如有自由的一天，你和朋友們一定要幫助他。

一九九五年四月至一九九八年十二月。濟南路和青島東路之間的立法院工作，至今回憶，縱有微憾，還是美好的生命另類過程；陳芳明曾在為我作序：《邊境之書》寫下如此真切的一段文字——

他嚮往過一個可以信賴的政治，在那裡人與人之間可以平等

對待，在那裡正義是能夠觸摸的價值……

芳明兄明確的指出我的想望。終究只是不存在的：烏托邦。反挫之傷猶如比我和芳明兄更大的海嘯、火山的毀滅破壞程度，藍、綠兩黨有如孿生、辜負臺灣的祈望。彷彿在多年前，一則懺情的詩句——

後來我踩在雪地
隱約感傷她的懷疑
一萬公里外，心比雪還冷
自問：什麼是信任？
決絕地斷裂
想她熟諳的鋼琴

脫鍵走音……

我只記得那年冬雪好冷

原載於：二〇二〇年七月十四日、十五日聯合報副刊

1

好吧，歡聚辭行前，我們合影留念。

再怎麼的美食好酒之間，儘說的都是從前的青春記憶，此時皆已是晚秋年歲，笑語之間不忘偶提兒女成年，他與她的職場、社會生活……我們呢？遙遠的三十年前，只有相機拿起，方能莊重的留下難能可貴的合影，三十六張膠卷送沖洗仍須等待。

因為有過快樂的往日時光，今時沉甸的憂鬱就不須庸人自擾了吧？豐盈的盛宴中放眼環視，其實未忘的，何人不是當年拈花美少年？一顰一笑，輕淺語音，熟諳慣性的猶如書寫文字。幸好，我們還安然存活著，無意談及的反是語帶不捨，逝去的相識故友。

初識，不是他的本身，而是讀到文學、藝術的美質；都是展翼學飛的青春鳥，未諳天空之遼闊，大海之洶湧……不懼由於不知，天真和愚痴地不馴和勇健，用力飛，深入潛；黑洞、激流，有著飛蛾撲火的殉美意志。三十年後，我和你相敬第一杯酒——健康、珍重啊，老朋友。

何以抉擇一條在這疏人文，重利慾的道路？以現實標準，應該立意從商，也許蒙受利益，安穩的企業應對、顯赫的官商勾結，後中年財帛豐厚，回首青春未忘的理想、祈望；基金會、出版社另類的挹注。我的母親一生抱憾的心事，總是一再提及：你應該成為醫師，生活安穩。我辜負了母親的祈盼，文學之愛終究無用。

依然是對看的眸光發亮。自始不忘初衷的堅執文學與藝術是你……第一流、最秀異的創作者，儘其可能的上進求好；雖說此一疏人文，重利慾的臺灣島鄉（國不成國的迷霧之地？）就不必理會，敬第二杯酒，心知肚明的微嘆。

相信逝去的故友，一定懷抱著未竟之夢的遺憾；所以我們用第三杯酒遙念和哀悼，繼而在歡聚辭行前，必然合影留念。相互記憶，好好的，活著。

2

二十多年來，從大直家居行車基隆河岸的北安路穿過圓山隧道，直行左轉彎道，那是新生高架橋，偶而見到一架低飛的航機降落近處的松山機場；平靜的握著方向盤，滑下金山南路和濟南路交叉口，些微不捨的向右一瞥，昔時追憶，溫暖霎時。

濟南路二段十五號？一生職場最為快意、無憂的七年美好歲月，今時已成往事如煙的：自立晚報。印象依然清晰那素樸的報社七層樓，而今改建為維多利亞式的豪宅，門口分立兩頭不予人近的石獅子……兩側是王叔銘將軍官舍轉移的人文空間：齊東詩舍。彷彿不馴的追憶老上海時光的：華僑舞廳。

報社董事長，究竟是出於無奈或向李登輝總統宣誠，斷然切割這向來諍言的烏鴉、堅持臺灣本土立場的歷史性報社？我們滿心寄望尊敬的社長先生，聽說：傷心的回臺南故鄉去看海……弧臣無力可回天，相信他做過一切盡其可能的努力、說服；秉持吳三連先生辦報，不屈不撓的強韌意志，終被金錢遊戲全然殲滅了。不知道有一天，他的回憶錄如何書寫？

天真、愚痴之我，以為可以就此安身立命，就從解嚴後、報禁全開的參予此一本土美譽的歷史性報社，妄想二十五年敬謹從業作為一個盡職、奮進，驕傲、自信的媒體人，也許就在二〇一三年欣慰退休的立願，夢如泡沫般破碎……才情縱橫的數百報社同仁，流散、漂泊；他們，能夠再相信什麼是理想的定義？

路過濟南路，至今我依然情怯。彷彿一個被逐出家門的孩子，臨近原鄉卻直感蒼茫……近時拜讀媒體前輩：周天瑞先生回首三十年前追憶他所創辦《美洲中國時報》兩年兩個月竟然宣布停刊的遺憾，出版新書：《報紙之死》，鏡般映照，感同身受。

3

年輕的三島由紀夫初見太宰治之時，明白表白：我不喜歡您的文字。瀟灑自若《人間失格》作者微笑的回答：至少，你來了。

這是日本文學史上，非常美麗的一次交會。我昔時自始不解的是，何以太宰治自殺數次，都要邀約女子同殉？連死都懼怕一個人孤寂？太放浪，太自憐，太矯情了吧？是我不以為然的定論，頹廢的小說家、國會議員華族的孩子、自以為是的英俊公子哥兒……但，我尊敬他的好文字。

反而是秀異的伊藤潤二以他鬼魅般地漫畫，救贖了太宰治小說：《人間失格》。夜深沉，我閱看那一頁一頁的圖繪，何等悲憫地詮釋這本不朽小說，那是太宰治無可奈何的哀愁；生命何處去？時代讓他絕望因之憂鬱，我回到今天的臺灣現實，無比虛矯、謊言妄語，朝野兩方都一再辜負了人民的期待。

文學永遠比歷史真實。這是英國作家蕭伯納名言，我一再留字於文學書寫中，自我提示的座右銘；年輕的讀者少讀紙本書，網路比宗教還要由衷信仰。在朝和在野有何不同？其實都是私慾、虛華的追逐者，利之所趨，不必格調。

失格？人云亦云的臺灣社會，清晰者沉默，盲從者如附體起乩，這被詛咒的島國何時才能自信、自得、自在？就請避開每晚電視政論節目吧，沒有理由觀之讓自己血壓升高，歡快或氣餒耗損，收視率、民調三十與四十比較，都是傷害。

太宰治和三島由紀夫那個二戰後的沉寂年代，川端康成自喻「早就死了」。櫻花雨紛紛飄落的四月天，我和妻子坐在東京上野公園樹下，還是思念著臺灣……膚淺的人文、造作的土地、政治口水的藍綠分野，不讀文學的人民，你還能祈待什麼？拂曉前，翻看日本漫畫：《人間失格》，不禁輕嘆，伊藤潤二以漫畫詮釋了太宰治，本名：津島修治，一九〇九生，一九四八死，青森縣津輕郡人。

4

宜蘭烏石港，何以不時浮影夢與醒之間？樓廈建起，是否前去租一樓層（牆間置書架，收納我典藏自認為最好的書？）其實是祈盼直面十海里外的：龜山島。

內陸農田皆別墅……何年何月被穿越長達十二點九公里雪山隧道的臺北人逐漸侵入、佔領，天龍國的後花園？

我是侵入者，來自「天龍國」臺北市。不是為自己，而是長年不免憂鬱的掛念，心愛的藏書何地能以歸宿？

太平洋浩瀚千萬里。塵沙如一枚芥子，緲微如我，見及信箱各式帳單就發愁；告別紅塵十丈的大臺北，遷居宜蘭可不可？我不捨千挑萬選的藏書啊！書桌上的佛像雕塑、希臘小島帶回的聖母木像，請告訴我，就毅然決然逐居宜蘭吧？渴求面向太平洋的大書房。

凝視大海。少年傾往，中年解悶，老來回眸……何以成為一種惦念，醒時顯影，眠中入夢，一再以文字試圖美學的完成？白天的現實太厭倦，夜暗的思念最美麗；宜蘭有我得以吐露心事的老友，那是一生的無形相約，大海遼闊，你，知道我。

推開高樓之窗，龜山島在微醺的醉眼中，知心的飛羽版畫、擁有五百坪巨大如飛機廠棚的畫室……貓，自然、自在、自得的跳上我的肩頭，留影一幀相與微笑的紀念照片，前生、後世都不重要，只求今時的天清地寧，我還能以筆就紙。

還在寫作嗎？我，只想，靜靜看海。

跳躍思索。巨大的鯨鯊、微型的水母，海的包容、天之壯闊；醒時是人，夢中是魚，靈魂是多麼的自由。回首一牆典藏的好書，存在的、消逝的寫作者，一定一定從書頁中欣然微笑，含淚且慨然地放眼，婆娑無邊的太平洋，擁抱著我們的土地……陳秀喜的遺詩、李雙澤的歌謠，我自然吟唱，熱淚盈眶。

5

就在臺北文湖線捷運晚班車上，一頭微禿銀髮的男子，不像整個業已稀疏的乘員……我以眼計算人數：十六個低頭用心滑手機，動作一致，果真AI時代來臨了？感覺是疲倦非常的神色，時而低頭，時而茫然顧盼（熟稔的表情，我亦如是？）他未取出手機，卻以指在天空筆劃著……我忽而萌生感觸，他在追憶美好的往日情懷嗎？

Good old time 臨時約定的同學會，汀州街海鮮店，妻子的表哥醫師竟然是我中學同班同學？非常有名的骨科醫師從業二十二年後，竟然渡海赴日，大阪近畿大學再讀日本古典文學……我請教主修是源、平物語或更早的：萬葉集，甚至是：古事紀。據說日本教授幾乎驚訝的反問：Okasimo……，臺灣醫師選修日本古典文學，必有深意，先喝酒再問緣由吧。

都是臺北大稻埕之子，延平北路二段尾靠近彼時還是日本時代建造的鐵橋下淡水河悠然流過，五月十三日城隍慶，四月下旬鐵橋對岸三重埔的媽祖祭典；中小學記憶回眸，伴著盛裝打扮旗袍的母親坐上三輪車，喫拜拜，訪親友。

水門外古老的戎克船倚偎岸邊，水聲汩汩，彷彿河與船交談著從前渡海的舊憶；中學讀成淵，小學卻是對街的太平和永樂國小。五十年後同學會，銀髮辨識從前拾花美少年的青春時代，早已遺忘的記憶因為交談，宛如昨日的清晰起來。……怎麼往後都去了日本大阪？成年大學、服役，家業之必然，在海那邊的傾往。

喜歡大阪，那兒像臺北。不喜東京，明治年代極力複製歐洲，大阪人率直、義氣，所以我進了近畿大學。骨科醫師說。大阪多好，去奈良、名古屋、神戶比京都更方便啊！來吧，這獺祭吟釀、麴屋傳兵衛燒酎，敬一杯，老同學，不醉不歸。

也要遙敬一些已然辭逝的老同學，未諳他們告別時最後的記憶是如何哀傷，未曾完成的願望，風吹雲散，夢一場。

6

請問：幸福，是什麼？三十年前她幽幽地在一杯送來，卻未飲的曼特寧咖啡前說了。辦公室相對而坐的尋常，在那時刻彷彿突顯出些微不自在的異常；這秀緻、才情的同事，意外主動的約我喝咖啡，莫非有深藏的心事？

我說：咖啡冷了，趁熱喝吧。向晚金黃、暖烙的陽光，極其溫柔地穿過座旁玻璃落地窗，映照她白皙、美麗卻微鬱的瓜子臉，俐落開襟的白襯衫，天鵝般頸上掛著銀色頸鍊，垂下一枚心型狀的海水藍。能夠告訴我嗎？……幸福，是什麼？她再問了一次。

相知與會心吧。我回答了。她輕輕微笑，一抹無言的淒楚，頷首的喝了第一口咖啡似有理解，若有所思的側首一瞥窗外那叢金盞菊，花朵許是秋陽暖照，慵懶倦態。她說：我問過一個人同樣的話，他卻沉默不語。她無奈的笑了，有著些許自嘲的茫然，忽然反問我：你們男人，究竟在想些什麼呢？但見我這對坐的同事睜亮的眸中閃熠著微慍與質疑；這下我倒真是沉默不語了……。有所領悟，金盞菊果然是在等待的。

你們男人，究竟在想些什麼呢？

同樣的大哉問，夜酒與伴唱機，閃閃的七彩小燈泡，猶如在耶誕的節慶氛圍裡；深巷中小酒店，兩位擅於小說的女作家齊聲問起同座的我們幾位男人，全然怔滯當下，默契般地裝傻，作悶蘆葫狀。

唱歌，唱歌！來，先乾一杯酒，要快樂。年紀最輕，未婚的詩人打破一時沉悶，歡聲招呼：姊姊，點妳拿手歌曲〈惜別的海岸〉

好吧？嘿，輪到妳了，大家掌聲鼓勵！

我只記得那一夜，婚變中的女作家將那首江蕙的名曲，唱得格外悲涼，未婚的女作家則訕然寡歡的一直等待約好卻還是缺席的教授男友；問她何以不唱歌？寒著臉，欲悲未哭的低語：沒心情啦。我驀然想起同事幽怨地問說：幸福，是什麼？……夜深人未靜，酒歌都是寂寞心。回家天色漸明，微醺中微嘆，只祈盼深眠，無夢。

7

晚間九點過後的中山北路就呈現我所適意的，猶如東京銀座入夜之後的昭和時代，那種靜美的氣質。穿過昔稱：明治橋，橫越基隆河，今名：圓山橋之時，從十三歲到四十四歲的的生活記憶，自然浮現，彷彿一直未曾離開。

懵懂、孤寂的童少、習畫未成轉以學文的青春、義憤填膺純粹追尋公平、理想，竟而折逆個人幸福的中年歲月，直至倦眼回眸，領悟一切終歸徒然的必然……懺情和悔憾其實都留在我每一本散文書中了。

舊家撫順街口的上島咖啡店早已不再，改建成鋼琴造型的豪宅；想見從三樓露臺下望，蓊鬱的臺灣樟和楓樹猶如長年綠郁的森林。二十年前了吧，郭松棻紐約來信，以著中風後可以寫字的左手，昂然地約定：祈盼返鄉，我們在上島咖啡歡聚，我喝俄國紅茶，你告訴我大稻埕的記憶。病逝於二〇〇五年七月初，約定永遠難以成真。

我，一直在靜默的哀傷中，時而重讀故人小說；回溯初見的一九九五年十二月二十一日，紐約聯合國大廈二十一樓的握手之虔敬時刻。

人生？多麼的美麗而艱難。一切的一切終歸是必然的徒然……這是妻子大智慧的領悟，不敢掠美的在書寫此行之時，感謝提示。

多少年來的越夜越美麗，晴光夜市，夫妻嗜愛的美食——翡翠般水餃、松露如是臭豆腐、紅糖猶若醇酒的四果冰品、米酒消魂四神湯……我只要讓妻子明白，這是丈夫三十年安居的所在。

車子停在雙連街、民生西路口。行入肉羹老店，問說：老同學呢？女主人輕答：我大哥已過世八年了……。我，訝然的說，抱歉。靜靜回味那熟悉的肉羹香味，多年不見，轉瞬竟是天人永別的一生？再過街是知名的甜品商鋪，日本旅客抵達臺北必然造訪所謂的「甘味名所」，油煮麻薯、四果冰登上日本航空機上雜誌，有一年我從臺北松山飛東京羽田的航程中，欣見極大篇幅的訪談報導——阿叔，阿嬸！日航雜誌中那甜品名店的年輕老闆，親切的招呼：我在高中就讀您的書，母舅是阿叔您的同學，很稱讚呢。

是啊，姚景中。足球國手，中學時代很談得來的親切好友……很多年後，我與老同學巧遇在他家的甜品店裡，竟然氣喘不止的疲倦、衰弱，手拄拐杖，顫抖不已？我，不敢問，他應該看出我重逢一刻的難以掩飾的驚訝表情……我在養病，癌症。他苦笑著說：再見老同學，好高興啊！我埋頭喫冰，微笑不語，不是冷漠而是心痛難言。

每晚，電視上看見老同學你就感到格外親切的安慰了，在學校早就預知，有一天你一定是個眾所週知的名人，不是嗎？記得我當時是自嘲的答說：別相信所謂的「名人」，很多名人都騙人。他笑了，好淒迷。

今晚，我獨自一人，漫行過民生西路，姚同學家的甜品店依然客滿座，他已病逝多年了……健如鹿、悍如鷹的足球國手，我在半世紀前的賽會為他加油、吶喊！多麼激越的青春如盛放的花朵，多麼淒涼的秋時悄然落下凋葉；我，不想回憶。

向前三百公尺，鍋氣正燃的寧夏路夜市，馳名的豬肝湯，我小學玩伴的店主人豪情招呼——好久不見了！

所以古老的記憶是我們
依稀彷彿的少年時代
支離零碎之夢不再回來
何懼孤獨？原來我以文字留下
稻禾秋穫的欣喜
大屯冬雪的遙看

所以古老的記憶是我們
少年時代的依稀彷彿
夢不再回來的零碎支離
猶若那時懵懂的初戀
晨霧冷如霜，夜月熱如火
未曾牽手過的女孩比我們成熟

留下一首詩遙祭未知的少年時
從未認識愛情就分手
總是自責是否哪裏犯錯
五十年後的老人重返老街行走
如霧純淨的鋼琴女孩
相與銀髮吧？她在海角天涯

原載於：二〇一九年十二月三十一日~二〇二〇年一月一日中華日報副刊

美麗而艱難

1

千年前中國盛唐時代的唐太宗，有一賢臣名之：魏徵。傳說他刀斬了惡龍？龍……因為世人難見，因而人云亦云，成為綿延至今的神祕傳說……西方，聖喬治為民除害，手刃妖龍。盡信書，不如不信。請問：誰人真正看見過「龍」？但見史書所載——龍體（皇帝）、龍袍加身（革命成功），子民受苦日，貴族貪婪時。

遣唐使帆船，航渡波濤洶湧的東海，決定向昔時文明最豐饒的中國學習；因此縮小四分之一的長安複製成京都，千年來遵循唐風，今時日本承襲了中國已然壞毀、消失的最美好的文明精粹。文化大革命？天真且愚痴的「紅衛兵」呼應：毛澤東剷除異己的陰謀，其實是趁機作亂……他們高喊著——革命無罪，造反有理！

什麼是「革命」？哪怕我不認同獲得一九六五年諾貝爾文學獎，俄國蘇聯時代的御用文人：蕭洛霍夫（Mikhail Sholokhov）依附獨裁者史達林的「一切為共產黨服務」的文藝政策，但是他以「反革命」作題的偉大小說《靜靜的頓河》，真的是不朽的絕美豪筆！哥薩克英雄：葛利高里永遠是近代俄國文學最深刻難忘的名字。領導舊俄時期的白軍為了守護家園，勇敢對抗共產主義的紅軍，終而敗亡以終……這是一個卓越文學家極其矛盾的心靈掙扎吧？……我靜靜拜讀遠景版長達二三八〇頁四大冊的中文譯本，一個全然破滅的歷史。

破滅的歷史？文學恆是比歷史還真。理想的革命？終極是革掉自我的生命。最初美麗、無瑕的純淨，最後混濁、汙穢的貪婪……成為當年反抗那不公不義，卻也蛻變成相仿的不公不義之人。這是一條黑暗的路，利欲薰心，自甘墮落與沉淪，權力和金錢，魔鬼、天使難以分野；人生幾何？黑白定義不必說。

慣於散文行世之我，在極端感慨於前世紀最後一年的臺灣政治內亂的時候，竟然換筆寫下十個短篇小說，合集名之《革命家的夜間生活》，封底的書介文字如今重讀，依然彷如昨日——

不再是戒嚴年代逮捕、暗殺的公元二〇〇〇年之後，逐漸凋萎、老去的革命家們，將自我無怨地送進少人問津的臺灣博物館，並且堅執站成銅像的模樣。

寫了三十年散文的作家，立誓以小說爲鏡，誘使革命家們誠實面對自我。這十篇小說是揭開面具的子夜派對，無論是聖堂高坐或沉墮於酒與美色，所有自許爲「革命家」的虛實靈魂，請勇敢卸去曾經有過的敗德、出賣、謊言吧！夜間生活的革命家們，星光與淚水，迷亂與純淨，竟如此之相似；你是舞臺上虛幻的伶人，還是島嶼永遠的印記？

二〇〇一年五月聯合文學版小說集封底自題的書介文字，轉而抄錄在十五年後同一出版社散文集：《夜梟》書中一篇省思小說寫作情境的回想；此時又不厭其煩再次入文，心痛的是臺灣二十年來政爭、內亂更為暴烈，昔年自許「立誓以小說為鏡」的祈求，如拋石入水，漣漪散開，剎那靜寂……沒有任何回音，終是徒然。

遙記得，臺灣解嚴之後的學生運動領袖，一流大學畢業、服完兵役後，事實未在社會走過，立即投身在詭譎、多端的政治場域，追隨著政客主子，在權與錢爭逐中學習一種必要之惡，而後形成此後的人格。初時厭惡權貴，多年之後自己蛻身權貴……是的，魔界轉生，輪迴如是，就是世俗公認的：主流價值。

多麼可笑、可憫的「革命」？手持正義之劍，砍掉惡龍之首，血泊中再重生一顆殺不死的惡龍之首，竟然是持劍的自我。

京都。千年前勇渡洶湧的東海潮，懷抱著向中國盛唐學習文明的日本遣唐使帆船，船中人那閃亮的理想期盼，決心鍛造一個最合乎公平、正義的美好國度……夢般的京都留下，只是懷舊的三弦雅音，我抵達，逃遁現實的一份蒼茫。

2

香港。多少年沒去了？那次是妹妹相伴，和小說家王定國在麗晶酒店的餐聚……維多利亞的夜海璀璨燈華，小說家從一個惡夢中安然脫困，留下一帖真切的散文：〈企業家沒有家〉。

而後是也斯、劉健威、平路、羅智成。見過蔣芸，卻一直期盼面見散文名家董橋的心願未能達成，徒留遺憾；一次文學對談，和中國作家蔣一談，只記得旅店在九龍人車如潮的喧譁路旁，感覺自己都行色匆促，不知所云。

反送中抗議行動。新聞報導無日不言的面見，香港？突然一下子就在眼前，不是張愛玲小說中的：《傾城之戀》，倒是聞人悅閱近著兩大巨冊的：《琥珀》……百萬人上街頭？幅員僅只三十分之一臺灣的香港，壅塞著不安的焦躁，五十年不變的「一國兩制」？

圖窮匕現的茫然！

沐浴前，剃鬍、刷牙，鏡中的自己竟是一臉皺紋的晚秋，凋葉紛紛飄落……忽而問起妻子——我們好久沒去香港，去嗎？妻子驚訝回問——這時？反送中一片混亂啊……我沒告訴她，想念年輕時夜街旁的牛雜、魚蛋小攤販，只想喫一碗。

葉麗儀名曲：〈上海灘〉，是我學會的第一首廣東歌，黃霑作詞多麼地好！羅大佑和林夕合作的：〈皇后大道東〉後來改編成李坤城臺語詞是：〈大家免著驚〉，女兒大咪錄了唱碟，在書房，在車上，我愉悅聽了無數次；香港，臺北霎時如此相近，沒有距離。那麼，何以好多年了，不再去香港？我深切的思念，好像默契的一種允諾約定……香港，你好嗎？

天星小輪，自始形成我青春到晚秋之年的深刻記憶，時而浮映的親炙熟稔。承襲英屬留存的百年帝國餘暉，交通船來回維多利亞海峽兩岸，九龍與港島之間；向晚霞照，波光粼粼……多年來，也曾靜心拜讀小說家：施叔青名著「香港三部曲」試尋索百年形影、歷史滄桑。妓女黃得雲那堅韌的中國女性形塑，竟猶如歷史之還原，果真，小說比歷史還要真實？

商務印書館在九龍港岸，三聯書店在港島灣仔地鐵出口，多少複製臺北的誠品意象。文學同樣孤寂，深藏架上，蒙塵靜待有緣人；流行的網路大眾小說，與臺北同步，包裝俗麗，內涵貧乏……幸而抵達此地想起董啟章、黃碧雲、韓麗珠等高手，堅持純文學創作以著不向世俗妥協的姿勢，雖然不識其人，但相信對文學的敬慕等同。

妻子安適地微笑，長髮在晚風吹拂之間，彷彿百尺之外維多利亞海的波濤；輕問，晚餐未竟，你想吃什麼？我知道太古廣場地下樓有好餐廳，想去 Thai Basil 還是采蝶軒？……我說：竹園海鮮店吧。這是回想二〇〇六年秋天的往事了。

催淚瓦斯、橡膠子彈、盾牌和警棍；黃背心、黃雨傘抗爭的百萬人民如此悲憤……為香港深切祈福，你，好嗎？

3

布拉格？我只見到夜酒時忽然漫漶的剎那。旅店樓下咖啡座緩慢侵入的河水？腳穿多年前，文學前輩小說家黃春明先生溫暖持贈的：愛迪達真皮走路鞋……怎麼，我從巴爾幹半島飛往法國巴黎的捷克航空A三二〇班機，會臨停：布拉格？一個我只知作家卡夫卡故鄉的城市，卻沒有特別在意。

白酒一整瓶，換算臺幣六十五元。行囊中帶著馬奎斯小說，我疑惑自問：魔幻寫實嗎？金黃色汁液，好喝到舌頭都難以自制地跳起舞來。連喝了兩瓶，竟然毫無醉意，酒保是漂亮的金髮女孩，問我：你，是日本人嗎？我回答：不是，我是臺灣人……她笑靨如盛開的夜玫瑰，猶如舞臺上花俏的表演者說：我知道我知道，你們國家有白象，還有寶石尖塔，泰國，我去過；湄南河，如我們的維塔瓦河一樣美麗，今晚泛濫了，你來喝酒，我陪你一杯！怎麼，你像香港梁家輝？

怎臨停布拉格？航空公司說抱歉，因為班機零件突發問題，必須立即降落檢修。布拉格是東歐最美麗的古城，我們為旅客免費準備夜宿旅店，就在古城查理大橋左側，明早六時三十分準時飛往法國巴黎，感謝。

同行的日本記者輕聲，狐疑地片段英語，訕然地說：這架飛機可能被恫嚇是裝上了恐怖分子的炸藥……真是如此？明明放懷過境的心情，我一再稱美這一款白酒真好，如絲帛之柔嫩，若黃金般閃爍。這樣啊？還是九州的燒酎好喝！

布拉格？二十年後，妳在冬冷一月的當地旅行，為了時差的國際電話，幸好一向拂曉才睡的我，越洋思念，大約就是順便坐在馬桶上的穩定心情。你，都沒睡哦？布拉格現在早晨七點，未眠做什麼啊？畫漫畫。我說。老朋友知心約定，為向來嚴謹、保守的：《歷史月刊》繪製臺灣歷史漫畫，東年總編輯的慷慨雅意，一月一帖，從大航海時代直至日本領臺……思念妳，我醒著。

黑色 Pilot 簽字筆、修正液 Pentel，疏離好久好久的漫畫再執筆；刺繡般海浪，剪影似的島嶼，荷蘭人的三桅船。落筆謹慎、虔敬如抄經，這是不許輕慢的歷史浮世繪，一格一格猶如木刻、石印版畫的手藝描圖，從猶豫到成品顯現的質感，在靜謐的深夜到天明，我逐漸回復了信心。

彷彿是為妳寫下一封又一封的情書，萬里之外冬雪的布拉格，妳的旅行都好嗎？我的漫漫長夜是妳的白天，迢迢趕路……感謝摯愛的妳，因為暫別的遠離，賦予我專注且虔誠的作畫；一頁一頁的手稿，都是我對妳的思念。

《逆風之島》：臺灣歷史浮世繪。十年後合成一本書，那是島鄉四百年的簡史，也是紀念妳在布拉格的情書。

一次偶然成了必然的採訪旅行，年輕時候班機臨停，短暫的十六個小時的向晚到拂曉，水漫布拉格，喝到驚喜的白酒，孤寂的回憶因妳而更為美麗。

4

透過手機，中國「微信」尋索，杭州和北京來臺旅遊的朋友，很快找到我的三本散文簡體字版書：《遺事八帖》、《四十年半人馬》、《木刻猴子》……隔海，傳遞臺灣文學的美質見識，大陸讀者因之散文，如能理解兩岸生活相異的意識形態，而後得以包容和異中求同的認知，臺灣作家在中國大陸出書，就得以彰顯極正面的意義。

中華人民共和國一九四九年創建，何能宣稱臺灣是「不可分割的國土」？相對的被驅逐、國共內戰慘敗的蔣介石國民黨政權退守臺灣，宣稱「抗戰勝利」？勝利的是美國投擲在日本長崎、廣島的兩枚原子彈……敗軍之將何能言勇？

中國文化大革命，臺灣戒嚴，都是兩岸不堪回首的悲痛記憶，人民如是苦楚的災難和無助。文學不由然留筆政治，變造的歷史，謊言與真實交錯的朦昧，隔開波濤詭譎的海峽，各說各話；猜疑、敵對，迷霧般陰霾未解。

臺灣百年情書。大陸簡體字版的《遺事八帖》，我凜然加上此一副題，意外地通過對岸嚴峻的審核作業，除去文中「臺獨」二字，竟然全書未被刪改任何文字……是的，我縱論臺灣百年，真心期盼中國讀者理解臺灣近代的哀愁，勇健的移民之島，荷蘭、鄭成功、清朝、割讓的日本時代。

用一本書，虔誠地表白臺灣作家的百年沉思。散文書寫本應誠實，我手寫我心的自然意志，何必怯避政治和歷史？我自始服膺已故前輩作家葉石濤先生的名言——文學可以描述政治，政治不可干預文學。

問題是今時的臺灣，幾人細讀純文學？耽於只圖私利，不思公益的藍綠惡鬥，何能想及人民的苦痛？或者麻醉自我，學習遺忘吧？趨附統治者，那高喊「臺灣價值」、「民主自由」之人事實上是言不由衷的極端虛矯，口號和自我感覺良好的人云亦云，這是躁鬱、膚淺的臺灣大病，作繭自縛。

寫字人之我，卑微地麻醉自己，討厭卻又無意識地借以菸與酒……終夜不眠地靜靜書寫和閱讀，時而驚心剎那！時間分秒過去，也許下一刻忽然突兀死去？生而無歡，死而無懼……年輕時拜讀數面之見的小說家：古龍先生名言，不想他死於四八齡肝癌。

菸不好，酒不妙……那該如何是好？書桌左側敬列佛經三冊，時而循經誦念，祈福近逝的岳父大人、年來辭世的文學老友——心無罣礙，無有恐怖……如露亦如電，如夢幻泡影……《心經》、《金剛經》這樣說起，菸似煙雲酒若逝水，我寫下的散文意念如何？

恆是晨時六時入睡。夜梟歛羽不免微歎不捨，存在、滅亡，都是人生。

5

一九八七年的香港電影，青春正好的鍾楚紅和周潤發，若有似無的情愫，紐約的孤寂與美麗。

一九八七年的同時我在舊金山，靜靜的沉默，短暫的自我放逐；決意反思前半生何以犯錯？

淒美的電影中，河岸公園長椅上，一對白髮的老夫婦相對微笑，眼神是充滿著愛意；老先生屈身隨手摘起一朵小黃花，獻給妻子，舉目看見坐在近處椅上一個人的鍾楚紅若有所思的微鬱，貼心地再摘一朵，送給這東方女子說：祝妳幸福。

周潤發說：有一天在這大西洋岸，我要開一家臨海餐館，妳為我命名吧？鍾楚紅想一想，答以：就叫「舢舨」如何？……若有似無的情愫終究還是彼此分手了。前一刻，男主角與高采烈地為她買了所愛的K金錶帶，女主角為他買了懷錶，交換是訣別的傷心。電影的尾端又是幾年以後，幾許歲月滄桑的鍾楚紅帶著已成少女，做為保母家的小孩重遊大西洋岸，她告訴小女孩：多年前有個朋友許願，有一天要在這兒開一家名之「舢舨」的店。小女孩前望說：不就是那一家嗎？鍾楚紅抬頭，是啊，周潤發就站在那裡呢！兩位嗎？請進……電影結束，停格在當下。

二十二年了，我不曾重返過舊金山。此時子夜的香港電影，回憶相與鍾楚紅、周潤發一起老去……晚秋回眸，竟也難得地微溼眼角；幸福的意涵是什麼？我和妻子定情婚戒是她精心設計的一雙月桂葉，交換的信物則是手錶……時間久久長長，珍愛彼此的相知疼惜，這是妳我的約定，地老天荒的默契；一九八七，妳還是少女，原來我一直在等妳。

6

鉛印版的書，力透紙背的撫挲感覺，彷如是在古老的岩穴中，掌燭尋索那粗礪壁畫的欣慰：哦，原來你還在啊？拂曉前最深的暗夜，我漫然與書對話，事實上是與活存、逝去的靈魂不時交換心事。你，前世紀寫下這些今時新世代人再也少於閱讀、追溯的好文字，其來有自。

我，一個賴活未死的靈魂，早已明白，生命的某一部分早就傷逝了……幽微地、認命地，樂於自困在書房三面典籍的包圍中，幸福但又不幸；相信今時得以排列在我書房架間之書，都是精選最好的作品。憂杞成為近年的恐慌：或許就在一次深眠中死去，誰為我安置這批書？

好像，我在此留下遺言；想著，死。

焚化爐吧?高溫達千度的熱焰,有一天燒我成灰,相對最心愛的藏書也一併燒去吧。親愛的妻子、兒女們,請求你們這樣做;骨灰隨風散去,面海的龜山島,宜蘭海域吧,果然這是生前遺言。

這不值得疼惜、珍愛的島鄉,被詛咒的虛矯之地,沉痛地回看,所有的統治者凡四百年,有誰真正想到人民的安身立命?手握權柄,都是中國數千年來的貴族傲岸,高不可攀。別去嘲笑前之鄭成功、後之蔣介石,今時的藍與綠互換政權,私利玩狎,盡是謊言和虛矯。憂心於臺灣的革命前行者,尊敬的史明先生、彭明敏教授,都是幻滅徒然的犧牲者。

迷霧之島,未明海域,自以為是,手淫的領導人;原來黎明自始未曾降臨臺灣,何是真正獨立、自主的人格?何是一個真正「國家」的認定?我用心尋索各方書籍,終究是徒然的一聲歎息!

婆娑之洋、美麗之島……緲微之我,何必勞神費心?想著有一天死後,那些鉛印版的書何去何從……恐慌以及強迫症不時降臨,你我的約定，如此的憂鬱。

7

川端康成：《伊豆的舞娘》十五帖短篇小說，一九八五年三月初版，志文版新潮文庫三一〇號書，譯者：余阿勳、黃玉燕。

就用三杯東湧陳年高粱，遙敬四十七年前逝去的小說家致意，那本精選集，重讀一而再，再而三，竟然是全然不同的，愈加深切的感思。怎麼怎麼，簡直就是我行過的人生……？初戀，失婚，老去。是啊，童年父親雙亡，寄身於祖父母再失怙的少時投靠母舅的孤寂少年，一九六八年以之《源氏物語》的古典情懷，實至名歸地榮膺諾貝爾文學獎：雪國、千羽鶴、古都。

淒豔的文筆盡是女人心情？早年，我並不在意川端小說，晚年重讀，醍醐灌頂般地完全明澈；川端康成果然是日本文學百年來的豪筆第一人。

比宗教信仰還要虔敬，翻開第一頁，直到最後一頁，其間的場景、對話、思辨，不就是我從青春到晚秋的一再自問、反詰的迷霧，因重讀而透澈地分開。

伊豆的舞孃，母親初戀的人，少女心，禽獸，夜裡的骰子，離合，夫唱婦隨，朝雲，抒情歌，水月，嬌妻騎驢，春天的景色，從北海來的，地獄，溫泉旅館……組合小說篇名，就是一首詩。

不語且隱匿之我，少談早年時在迷惑中的蒼茫生活；夜未眠一直在書房少是寫作，多是閱讀的自我滌洗。潔淨的過程之間，何等凜冽，不想自欺欺人。

那是古代文人畫中呈現的明、清年代之反芻；封存千年的岩洞走入一刻，聰慧如妳驚喜，誰能在黑暗中尋回自主自立的眷愛風情？夜未眠，時而通過警察的酒駕擒拿，方從警校畢業的青嫩之果，輕聲地挪近左邊降下的車窗：先生，請用力吹一下。我用力吹！吹吹吹吹，恍惚間突然驚見，怎麼我是如此不馴、逆反既有體制的枯枝敗葉……？

《枯枝敗葉》馬奎斯小說第一本，一九五七年，我五歲。隔離一萬多海里浩瀚無邊的太平洋，到了六十年後才拜讀到作家初集；大師的祖父母訴說哥倫比亞的古老傳說、殖民地的西班牙占領者和印加原住民族的對抗與滅亡……我的祖父母曾經告知過我什麼？不曾說過吧，那時代一片噤聲。

終究，認定個性的不合時宜、格格不入，竟然是自我摸索於閱讀文學、而後行路書寫的長久流程。現實中殘枝敗葉，理想中卻欣慰如川端文字美學般的華麗與蕭索……以筆就紙，如此虔敬，如此堅執。

那是幾年了？從東京抵達伊豆半島的熱海，伊東，天城山隧道，文學之森有井上靖移遷過來的書房，微雨的日子，巨大的杉樹林間，盡是山葵葉……夜宿井上靖最愛的溫泉旅館白壁莊，那英氣、俐落的女主人晨間現身——你們從臺灣來，夫妻都是作家？這一段過程我一直期待擅寫日本的妻子能夠書寫。日本尊重作家如櫻花之仰望，回看臺灣對作家的定義，其實只是殘枝敗葉的疏離。

8

我，把你們的著作，敬謹地排列在書桌上，而後倒一杯酒，替代檀香般地遙祭你們，親愛的朋友，時而重讀，我想念你們。

夜最黑暗的時刻，拂曉之前，如果你們的靈魂還難以忘情於生前未償的悲願，那麼就喝一杯酒吧；猶若我們那時還多麼年輕，自信自在自得的生命大好江山……詩、小說、散文，大山大海的文學如此壯闊、華麗，酒與歌，歡唱得多麼昂然。

如有輪迴，你們轉生了嗎？一束光引領，抵達的是花香、虹霞的天堂抑或是冰火幽暗的地獄？佛家說文字業，基督教說異疑者，伊斯蘭怎麼定義作家？遊唱吟詠人……回眸一望，你們在我所難以握手的遠方，我所遙祭的酒，迷霧茫白，看得見嗎？喝得到嗎？自問自答之我還好死賴活著。

病危的詩人依然惜情地穿著我送他的：京都大學灰色T恤。生前在大學外文系教英國文學，微歎地一再訴說內心深切的期望，一定要去傾往許久的京都大學再深造，西田幾多郎日常散步的哲學之道，他嚮往。我，一直不忘詩人病逝前託付了八本遺作：送給最值得的作家朋友。王添源交代的。

南無阿彌陀佛。想念你的時候，雙手合十，重複十次，二十次，三十次……多少年前同樣姓「林」的你，真的像我沒有血緣的兄長，一九八七年夏天，你開車送我去桃園機場，遠走北美西岸的放逐旅次。一定要這樣嗎？溫暖的你何以如此決絕？是疼惜也是不解的凜然詰問。我不知如何答話，訕然停滯一時間，愧疚且茫然地說：大哥，我必須誠實。後座沉鬱之我，向送機的林佛兒如此說。

我和你，惜情的是可以交換心事；但還是必須坦直地不同意過於現實的利害斟酌。難道，只有在被禁錮的獄中才會寫出真正的好小說？脫困之後慶幸在影視一時如魚得水，多年後我們意外地在評論檯上重逢……多麼美好地相攜一個全新的政治談話性電視節目：「臺灣心聲」。八德路二段電視大樓，你要用華語，我建議臺語，我鄭重提示：十三樓帥氣的ＴＶＢＳ總經理李濤華語多麼好，你是臺南府城人，臺語才是親切的驚喜。一直期待他暇時再續小說好筆，是我天真而愚痴的一廂情願，猶如向權勢者輸誠，我不以為然成了你的困擾……幾年後，忽然接到你的電話，多麼親切而溫炙的聲音：我，癌症大概不久了，阿義仔，哪天來臺南吧，老兄弟最知心，喝咖啡啊！寫到這裡，不禁反思，我真的了解汪笨湖嗎？

花開，葉落，皆有時。我，想念你們，都是真情實意，得以文學留予真切豪筆的人。三人之書，以酒遙祭，親愛的朋友啊，辭逝多年，你們，都好嗎？……這是一句廢話吧？我忽而想起臺北植物園那一池夏來美如火焰的蓮花，是啊，一杯酒、一朵蓮，這是我和不在人世的你，從前的默契和約定，天上人間都是惦記。

都是難忘的惦記……寫著上一段文字的第二天夜晚，忽然收到季季姊寄來令我驚嚇的訊息：羊子喬腎臟癌末期。已住安寧病房。再續另一則長訊是前任遠景出版社總編輯的張恆豪兄，如此悲切地告之——

今天羊子喬已被送進安寧病房，晚上七點去看他，被病魔侵蝕得不成人形，只剩皮包骨，短暫醒來，長時昏睡。我想唸他的詩給他聽，他難以言語。他的女兒簪瑄及一位看護陪著他，在昏暗的燈光下，他感到人生太累了，側頭又昏沉地睡去。

這是二〇一九年八月三十日，一整夜再也無法入眠的深沉哀傷。拂曉前我靜讀羊子喬詩集，內心怎能安靜？一生文學相惜的老朋友，《自立晚報》共事愉悅的老同事，初識時一九七四年夏天的水芙蓉出版社，詩人的散文集《太陽手記》，我的《諦聽那潮聲》。青春到晚秋，四十五年了……

是啊，人生太累了。今天向晚前往臺大醫院去看你，手機乍然來訊，來不及了，來不及了，原來在拂曉前的四點鐘，詩人走了。中途下車的我，茫然，不知所措。

原載於：二〇二〇年九月十三日～十五日自由時報副刊

1

真是孝順、愛家的女孩。火車旅行電視節目拍攝完成後，再晚一定要搭夜班車回高雄。柴山下的髮廊，已是眾多期待的臺語秀異歌手的她，還是幫趁家中姐妹的「洗頭」日常。

二〇〇三年的：「臺灣鐵支路」，我這大叔和宛若女兒的黃妃，大半年走過半個臺灣：瑞芳、貢寮、宜蘭、內灣、苗栗、臺中、彰化、阿里山……以為會直到南臺灣的竹田，終究未能如願，終究這是一次美好的旅程。

年代電視臺的製作小組，十分的好。很多年後，不是眷戀，而是回眸十六年前，猶如父女般地溫暖，不必遵循劇本，自然自在的說景點是我，唱歌是她。那般純淨、毫無風塵味的聲音，往後兩屆金曲歌后的榮銜，黃妃，實至名歸。

螢幕上的我，寫作的我。其實最不捨的反而是寧可一生工作在報社，記者、副刊編輯做足二十五年，安心退休，以文學歡度晚年直到老去。遺憾的是，我沒有這樣的幸運，彷彿自始飄搖在風中的落葉……是我怯於爭取抑或是懦弱？

安安靜靜，堅執原來只是文學才是終極的完美主義。明知這紛亂、虛矯的臺灣原鄉少的正是人文素養，多的就是自私和卑劣的民族性格；好吧，獨善其身，不論藍、綠就是要你噤聲。

狹小的蕉葉形之島，幅員三萬六千平方公里，沿海地岸壅塞了兩千三百萬人，民主自由誠可貴，眾聲喧譁盡惡聲。想起行過十六年前的鐵道之旅，良善、樸素的鄉鎮，人們只求安居樂業。……內戰之禍起於選舉，政客何時想到人民？

他們說：文學不寫政治，問題是政治自始干預文學。臨睡之前，靜聽黃妃名曲：〈追追追〉，是啊，臺灣人四百年移民史所追求的實質是什麼？臺諺多真切：日頭赤炎炎，隨人顧生命。這是人性之本能，只是多心或憂愁，政客的虛矯，是臺灣一再沉淪的不幸。

海潮，織錦般吮吻著砂岸。向晚的雲霞，橙黃泛金，祈盼遙遠的記憶別再回來；我啊，只求：安安靜靜看海，哪怕是在夢中流洄，但願記憶不再來。

南高雄，北基隆。海色不一樣，猶若女人的心思難懂，愛情卻相與彷彿；蝕骨銘心的一夜歡愛，女人是花，男人是火，只有那一刻，童男童女才是最真實的自我，真愛，就讓人流下淚來。

只求：安安靜靜看海。

我自始美好的回憶是少年時代，如此素樸的淡水海岸。如今怯情不去的形影已變幻，擁擠的人群，大樓四起的紅樹林，對岸觀音山墳塔遍布。

於是很想再搭上南下或北上的列車，一個人去旅行……坐在安靜的岸邊，遙望織錦般湧漫而至的海潮，回家後如同宗教虔敬的寫下一首詩，歌吟詠誦一次，歲月流去總無聲。

2

相對繪畫和文學，我有著向來具有的作為一個高標準的鑑賞者自信。從不因為主流認定的所謂：名家，就附會人云亦云的盲從稱美；感謝半生在編輯、閱讀、旅行的歷練中，有所錯覺，有所誤認，卻能夠自我反思，一而再，再而三，絕決地靜心，索求作品的獨創性。

名家？未成名前的筆觸，敬謹且虔誠，因之才情俱足，佳構更上層樓抑或是此後驕狂的點墨隨意以成金？其實是流於世俗的自我墮落……尤其是以「藝術」之名，是啊，一幅畫，抵過文學書十版、百版的價格，公關宣傳、政商交誼，細看，實質是庸俗平凡。

未名的藝術家，雕塑、繪畫、音樂。多少次凝看、聆聽，力道、油彩、韻律……那是青春之熱愛，美感之追尋；彷如在無邊的黑夜渴望一抹星光映照創作的信仰，是否也捫心自問：有生之年得以真正攀登雲上的頂峰？用紮實的作品印證創作心靈的艱苦奮進……印證獨特的風格、美和愛的完成。

中國千年以來的水墨畫以及書法，東方藝術的其來有自；那抽筆，點描，最是可見人格與風骨的生命意志。五百年來一大千，放懷且悠然，親炙敦煌壁畫擬摹的張大千果是奇人，那是宗教的古代信實，遙想邊陲荒原，此去茫茫一出就是千里未知的異域……絲路、大漠、雪山、煙雲，祈佛庇佑；唐代的玄奘法師不就循此前去天竺取經嗎？

書法家，用心的為我的地景文字著墨，感謝未曾面識；但見筆觸工整，卻少了雅逸風華，只能說，書法尋常，氣勢欠缺。另如某一旅外音樂家，習以臺灣意識作曲演奏，原鄉之念，土地之愛，立意很好，一夜敬聆令我失望且不解，詠誦臺灣人民和歷史及山海情懷，韻律之美何在？只是「政治正確」的附庸和投懷送抱……臺灣人不是唱悲歌啊！

至於文學，網路小說猶如一杯流行的：珍珠奶茶。新一代人奉村上春樹如神，那是日本文學呈現心靈離散、漂浪的不確定主義，不是不好，而是臺灣本質的美學意涵何在？殖民地早是七十年前的史事，風格及人格的凜然獨立，深切祈許，請做自己。

3

芒果肉色的：黃小鴨。書房落地窗左側一方小風景，軟塑膠的圓潤宛如一枚它未誕生前的蛋。

彷彿靜靜地浮在水上，那水是凝固的一冊冊疊高的詩集，楊澤、許悔之、夏宇、顏艾琳……其實更像一枚極其可愛，而不忍溶水的香皂；那是二〇一五年巧合的不經意邂逅，在基隆港。

荷蘭藝術家：霍夫曼。放大西方日常於幼兒浴缸嬉戲的玩具，手掌盈握頓成一座五層樓高度的裝置藝術，浮游在全世界著名的港岸……相約定居在基隆的編輯好友陳維信，看完黃色小鴨後，就去和平島海鮮店晚餐。向晚時分，北上高速公路，我專注駛車，內湖，汐止，五堵，七堵……手機乍響，噩耗呼喊——你，不必來了，十分鐘前，黃色小鴨爆掉啦！他們說是被老鷹啄破的。

老鷹抓小鴨？我笑了起來。我們就喝咖啡吧，算是一次約定意外的悼念。如此回音。人生不是過程著難以預測的意外嗎？原本抱持安心、相信、單純的約定，剎那之間一切歸零。訝異、失望、傷心……回眸如煙雲。

港務局附設的海洋館，我帶回了兩隻霍夫曼版的：黃色小鴨。一隻在書房，一隻在座車右側的駕駛座上；純淨如嬰兒之心，神啟般地竟然意外的，安頓時而躁鬱降臨時的突發情緒，一種絕對的靜好。

笑我老來依然是不成熟的孩子氣、天真、幼稚都好；也許是久違的孤寂童年，不曾有過遙遠記憶的浴缸中的玩具吧？嬰孩的孫兒偶而回我這祖父家居，見之書房黃色小鴨，隨手嬉玩，就是最美好的小風景了。

嫩稚的、無瑕的，如破殼而出的小鴨，不就如是幼稚、可愛的嬰兒，無比的美麗？

這越來越陌生的滾滾紅塵，嬰兒們在未來的未來，將成長為怎般之人？……我在黑夜回家的車程上，想著。側首一望右座上方的黃色小鴨，內心溫慰著暖意，謝謝陪伴，書房中另一隻也在靜靜等我回家吧？你也讀詩嗎？這是你和我的約定，噓，不與人說。

4

夜留下一片寂寞，河邊不見人影一個
我挽著你，你挽著我

暗的街上來往走著
夜留下一片寂寞　河邊只有我們兩個
星星在笑　風兒在妒
輕輕吹起我的衣角
我們走著迷失了方向
盡在暗的河邊徬徨
不知是世界離棄了我們
還是我們把他遺忘
夜留下一片寂寞　世上只有我們兩個
我望著你，你望著我
千言萬語變作沉默

——〈蘇州河邊〉
原唱：姚莉、姚敏。
詞曲：懷玉（陳歌辛）。

一九四六年香港百代唱片。

微鬈的及肩長髮，繫著粉紅色絲帶，坐上三輪車；夏夜的輕風緩緩吹來，彷彿戀人呼喚著殷切的等待，她右手按住猛然加快的心跳，紅潮忽然的羞怯，那男人真的愛我？

臺北漢中街和峨眉街口的：萬國戲院。沒去過義大利，黑白電影中那麼清純，秀麗的奧黛莉赫本，如此英俊，健朗的葛萊哥畢克……騎著偉士牌機車的新聞記者，從大使館脫逃的公主，永遠不忘的：《羅馬假期》。

男和女看完電影，送她回家吧？只見盛裝打扮的美少女的百景裙在入夜的晚風中被輕輕吹起衣角，像一隻斂翼的蝴蝶。不捨地眼神彼此凝望，如果回家，一定不眠思念，那麼，你說，我們去哪兒散步呢？

川端橋下，上海歌手在茶座唱歌，去喝杯熱茶，河的夜色一定很美麗。男的提議，女追隨。夜一片黑，不是十五月上弦，上海歌手一身紅花旗袍，唱著男與女不諳的華語歌，聽不懂歌詞，卻很好聽。

如果是山口淑子〈李香蘭〉唱過的：〈蘇州夜曲〉，這對戀人一定刻骨銘心的熟悉，新店溪畔茶座的主持人卻說：下一首是：〈蘇州河邊〉，請來賓熱烈掌聲鼓勵！

啊，歌聲真好。但為什麼不唱美空雲雀的日本歌呢？女的微疑惑的問，男的以指抵脣，悄聲說：今嘛是中國人的天年，禁止唱日本歌，講日本話。……

很多年很多年後，這對戀人的小孩，不經意的聽見似乎寂寞的母親，時而輕輕的哼起這首歌。日本殖民時皇民化教育，直到戰後，小孩的父母，懷念日語，不習華語，堅持以臺語交談，哼著曲音，未諳歌詞。

蘇州河邊，何其遙遠？淡水河岸，生來熟識……。小孩長大後，行遍天涯海角，終於抵達了對岸的中國蘇州；石橋、吊腳老屋的黑瓦白牆，運河月色，波光如夢，半百年華的孩子，在遊河的畫舫上不由然輕輕唱起這首父母不諳歌詞，卻時而哼著曲音的難忘之歌……父早逝，母已老。彷彿替代一種最遙遠的戀人紀念，是啊，夜留下一片寂寞，河邊只有我們兩個……含淚的我。

5

所有的或已沒有的
人生過半的稀微及其
面對久未聚首
時而惦念的朋友……
一定有許多別後
內心最深切的話想說

時間和夜夢最是眞實
那是一盃酒再一盃酒
揣測著明暗光影的曾經
終究必得承認不幸
時代的而非個人
追懷青春之歌總是
躊躇無措的容忍
請勿獨酌必然傷神
好酒醉後反而清醒
靜靜的看，冷冷的心
自我原來是自我的敵人
最初最最純淨的顯影

——〈醉後有詩〉

高頂帽抓出兔子
是一則冷笑話
魔術師其實是旅行者
穿越黑洞，時間歸零
哈欠無趣的觀眾都睡了
睡在夢裡魔術仍在演出
不想時間依然流逝
生與死如此嚴肅
文字浪費詩探生死
醒的是人，夢是兔子
跳躍與靜止
魔術時間彷如沉思
人和兔是否一樣有夢
是否等同哀愁和喜悅

其實都祈盼：自由

字義有時在恍忽
也許倦而昏睡短促時間
空白空白不思不想
象形文字依稀彷彿
彷彿是同義字悄然侵入
夢裡依稀彷彿思索
字是對是錯……？
驚夢乍醒其實還在夢中
完美主義就固執一生
猶若印刷好的文字
竟然謬誤出現錯字

——〈時間魔術〉

惆悵如秋之心如此寒冷

——〈勘誤〉

愛不釋手，焚圖決意
最後一滴淚悲憤
留給火留給記憶
人生無話，只是多餘
記憶從火中救起
畫中人不會在意
活過三百年了三百年
富春江水歲月幽幽
後人問起圖卷原由
八二年旬的黃公望怎麼說
只是放懷山川

只是純粹旅行者
耿直率性不容現實
紅塵多端，眞心艱難
美與愛，公理正義
古代中國沒這邏輯
圖卷一分爲二
隔海遙盼組合
被火帶走的是遺忘
任人後世揣臆迷藏
狂草淡墨富春江
筆觸自我放逐
垂釣人孤獨在草亭
煮茶酌酒不語人生
只知道一條河名富春江

留下圖卷的黃公望
落拓筆墨猶如遺書
一切的一切皆可放下

——〈富春山居圖〉

忽然大聲咳嗽……
羞怯感覺對不起
一生在沙漠定居的人
古蘭經？貝都因人吟誦
就連駱駝商隊喜不自勝
縱橫千里同心歌唱
讀它一段古蘭經……
心之冒犯想這經典猶若
一枚石子入水，漣漪輕緩

信使和神子爭辯兩千年
耶路撒冷的石牆哭不停
眞主和上帝，你們都好嗎？

——〈古蘭經〉

習慣睡前小酌，本是助眠之思，竟然幾分酒意間，萌發寫詩的強烈願望？是啊，醉後有詩。夜深人靜反倒更清醒，彷彿悄然一片霧中風景，那不是夢境，似乎文字有了歌音，飄然而來的輕柔吟唱，凝凍了時間，像神啟般的魔術、不解的幽玄符碼，美麗而詭異……。

有時在校訂一本即將出版的新書，燈下專注凝神細看，曾經發表過的散章，有些文句不夠妥切、合宜，幸而借此得以修正；當然，誤植的錯別字，一定要更改還原，祈求面世後的新書完整交予讀者手裡。往往在勘誤過程之間休息，茶與咖啡，賞閱各家影冊、畫集，就像蔣勳先生雅集詮釋的：元朝黃公望不朽名繪〈富春山居圖〉，傳奇般地被後人從火焰中救起，從此一分為二，長卷在臺灣，短幅在中國。

佛經吟唸，稀微的送別逝人，彷如蓮花流水去。聖經舊約是神話，新約是雅歌。近來，阿拉伯皇室精印的古蘭經，我敬謹研讀；這才發現，上帝和真主本就是同一體，稱之神或主宰都好，信仰由心的想像。我這不馴、逆向者的信仰不是宗教，而是：文學。因此，留下前頁五首詩，決絕印證。

6

實踐大學到美麗華購物中心的直線距離，緩慢行路大約一千步；這是我日常晚餐後散步的固定微旅行，分別的誠品書店，總是祈盼尋找到值得一讀的好書……尤其是：純文學。

三十年後截彎取直的基隆河，如同被馴服的野馬，平波無潮。童少記憶的草莽、稻田、磚窯無一留存，今時新世代如此陌生，逐老之我悵然望向黃昏暮色，秋意年華，應該認分低頭，不必嘆息，日月相與，時間最公平。

兒女分別上了五專、大學的時候，兩個夜晚我開車帶著母親和他（她）們抵達大直新居，九層大樓，磚紅色牆面，兩個月的美式簡樸裝潢，三房兩廳的空間，多了一間鑲著霧玻璃和室是女兒房，主臥室自然給七旬的母親，兒女們的阿嬤，我選了面積最小的連接廚房後陽臺的房間，書房兼寢臥。

靜美的過日子，窗外迎著大片山色凝翠……明水路豪宅四起，幾年後留下一小片綠景。

再幾年後，成年的兒女結婚、生子，離家遷居到三十里外的桃園南崁，幸福建立家庭。

老媽媽更老了，獨子之我自然隨侍在側；小說家老友宋澤萊囑咐：千萬不要相陪父母衰微，自己跟著老去……。我記得我記得，所以每天不渝地讀和寫；靜謐且默然的安度秋時歲月，淡定、少與人來往的在這山河小區過日子。

文湖線捷運、公車跨過基隆河，才是紅塵喧譁的臺北鬧區。午後在重慶南路書店街下車，驚見，書店一家一家停業，旅店一家一家新開？日本、韓國、中國、香港的旅人口音，是啊，國際性首都城市臺北，風情萬種多亮麗！走出三民書局，右轉開封街巷中的：劉山東，左向桃源街老王記，兩家牛肉麵幾達數十年都是最愛的香醇美味。

回返大直，才心安。美麗的家居，幅員小巧的區域，不得不相識彼此的親炙；我喜歡這依山傍水的小地方，好像生命隱約的許諾，典藏不忍割捨的好書，小陽臺午茶夜酒，明月映照的疏星。好了，我出門散步了，慢行一千步伐，兩家誠品書店，尋好書。

7

十七歲，初上大屯山，白茫茫積雪。

六十歲，寒流冷冽，手機呈現雪覆大屯山。

少年勇於親臨，老來俯首手機觀雪意。淡定不以為奇，半世紀的海角天涯，什麼冬雪沒見過？不必傾往：南北極。徒然的冰山銀白，地平線如標尺，大氣如迷霧，鬼魅、幽玄的：極光……幻覺，今時所謂的：主流價值。迷惑以及洗腦，商品和政治都一樣。

逆流而上，不合時宜。正直以及公平的看待每一個人，最初無瑕的嬰兒之心；成長過程，父母隱藏的祕密、上一代人的難以說出的情感糾葛，現實就是魔鬼賦予的天羅地網，愛慾、貪婪、誣陷。無可奈何，人在江湖，身不由己……？人啊人，用這人云亦云的「主流價值」原諒自我。

猶若傀儡被現實操弄的：自我。何時徹悟，決絕棄離那纏繞的絲線，冷靜、反思的追憶，荒蕪和耗損的歲月？倦眼回眸，盡是蕭索秋色；微嘆不是懺悔年華曾經，愛過的時代不再可愛，良美初心滿覆塵埃，陌生更陌生的今時如何辨識？秋天如炙夏，紅葉未紅，綠樹是詭譎的灰濛，不確定之陰沉。

日記，合應付火焚去，因為，沒有意義。

那是一年接續一年的真心祈望，終究一切徒然的殘忍印證：恐懼的現實赤裸地冷笑答覆，寫日記只是傷害天真且愚昧的自我；就全然燒掉吧，一切徒然。

於是簡筆成日常行事曆：某月某日某時的晚宴、年度文學獎評審會議、外出旅行的飛機航班去回、家人生日、收寄郵件時間……再也情怯寫下深邃的心事，空洞得變成一枚汽球，不知所措的飄動，未能預期何時降落、爆裂。

翻閱他人寫過我的文學評論。一九七四至二〇一〇，半生潛身淨心的創作，像一道幽深、少被人窺探的密林之河；迷茫、自憐、多愁善感，回想二十六歲前，評論有理，敬謹領受。那時繪畫的難忘依然綣繾，文字用以抒發無措的情緒，從唯美出發之立意，實是不捨顏彩和線條的絕美索引……未來是什麼？

春天嬉玩的無知年少，秋時回眸不是懺悔，只是不解半世紀前的自己，怎般荒廢了應該冷靜，深讀經典文學才是求得精進之路，耗損了生命更求高度的識見；於是走到了此刻的秋天，幸好卑微、認分的有所堅執，自始苦尋文字美學的旅程，化蛹成蝶，不合時宜的自己，逆風飛越。

這是我和自己的：約定。生於孤寂，許是死亦飄零，又有何不可？春花綻開，秋葉凋萎，都是必然的輪迴轉生。祈願學習：不憂不懼的坦然和自在，心之所向，不愧於人；秋陽如酒，小酌凜冽。

大屯山何時再下雪？未雪可也，但見菅芒滿山遍野，白茫茫在秋風裡如一次又一次的呼喚：少年之你，十七歲上山看雪，六旬之後的你，山還是山，人生一回來去，應該領悟深切，何時再上大屯山？是啊，華髮漸生，白茫茫的那年，初雪，彷彿零碎的記憶，如歌的行板。

原載於：二〇二〇年五月二十日、二十一日中國時報人間副刊

散文是我懷中鏡

董柏廷

林文義總算來到人生的清歡時刻。

這一日，我們來到林文義裝潢雅緻的住所。微型博物館一般，客廳角落置一尊黑白郎君布袋戲偶、正廳牆上掛謝春德攝影作品、轉角處砌一斗櫃置放旅遊各地購置的精緻杯皿、純手工精緻木雕散落四方婀娜巧笑。林文義一樁樁一件件向我們說起藏品的身世與來歷。

他接著掬起笑，引導我們進到他的書房與寫作間——兩張並排置放的原木大桌，置於僅容一人旋身的窄仄陽臺中，配一張輕簡便椅。林文義總就著日光與風景，執起慣用的鋼筆在稿紙上一筆一筆寫下字，遠方是襯著暖藍天幕的蒼綠劍南山。天氣好時，偶有蒼鷹掠過天際，桌上擺放一疊稿紙，是即將完稿的新作品，每道筆痕細看工整不紊，顯現面對文學時他的真心實意。在豐足喜悅的表情下，不難發現，藝術情懷是他的內在核心，文學心靈倚其轉動。

林文義侃侃而談，語調颯爽，三兩句裏藏一粒幽默的籽，讓笑聲發芽，一段銜著一段，幾無冷場，講自己的回憶像說他人的故事，起承轉合抑揚頓挫，惹人流連在他故事的渦旋之中。即便年近七旬，浪漫心跡與赤子熱忱不熄，提到藝術與文學，他眼裡藏著神般晶亮，表情益發飛揚。

從黑暗中伸出，向美探索的手

綜觀林文義職涯前半生，轉換過不少職業，擔任過社會線記者、副刊主編、漫畫家、政論時事名嘴、廣播、電視節目主持人，也曾參與臺灣民主運動甚深，風火兩處交相棲止，唯獨文學是他不曾或輟的人生職志。

「我，逐日追夜的拿起筆來，彷彿古代的修道院抄經人，神啟般地呼喚是那樣的美麗，我的手書寫我的心，這是最為純淨、真實的自己。筆尖接觸紙張的那一刻，無論沉鬱或惘然，我知道，遠方的夜海上一定有顆屬於我的星光，潔淨我在人間行過的謬誤以及愛與悲歡。」林文義在散文集《酒的遠方》如是深切自白，儼然創作的初心與信仰。

擅寫美文的林文義，自十八歲開始創作至今，走了五十載的文學書寫之路，創作六十餘部作品，散文為大宗，旁涉小說與新詩，他的文字美學服膺卡夫卡名言：「是一隻從黑暗中伸出，向美探索的手。」一路行來文字風格不脫唯美細膩，不過，細究關注主題，也有著不同時期的面相。

自早期的《諦聽那潮聲》、《歌是仲夏的翅膀》以及《天瓶手記》等作品，是青春年少的純真心靈，對周遭人事物的觀察與思考，展現物喜的哲理感懷，此是林文義浪漫遐想時期。那時的文字語調充滿無可遏抑的情熱，讀得出藝術性格中對美的渴念與執著，歌頌愛情、靈性之豐美時，帶有一絲青年的意氣風發。但林文義卻在一九七七年突然停筆，中斷文字創作，沉潛自我後，隔兩年，他才再度提筆，寫下令眾人驚豔的《千手觀音》。

八〇年代是林文義創作的一個分水嶺，他自言：「我厭棄昔日那種抒情而唯美的調子，我觸及許多人性哀苦的內層。」他的文采依舊雕琢繁麗，但所筆刀轉而針挑個人困境，甚至袒露憂鬱情調。他在選材上則貼近人間群像，花費更多氣力描寫中、下階層人民的生活樣態，關懷民瘼的自然風格逐漸水落石出，奠定其往後創作主題基礎，每每交出悲憫心緒濃烈的作品，讀者很能透過閱讀，獲得溫暖慰藉。

大散文述作明志

二〇一一年出版《遺事八帖》，又是一大突破。林文義以大散文格局述作明志，從個人半生對藝術文學的失志時刻，述及政壇戎馬，運筆擴開成為臺灣島歷史的對照、寫盡歷史情懷、社會變遷、時代背景，在自我對話中層層推進臺灣意識。從一名創作者現實遭逢的挫折與失志時刻出發，抵達對家國的憂思，對社會的透視，對環境的觀望，折射出整個時代的風起雲湧，見微顯著，大中容小。也將歷史的故事，意識流般書寫，帶出古今中外場景的蒙太奇，結構鮮明，儼然畫下一道嶄新文學風景。

但究竟如何定義散文之「大」？以及何以有此創作想法呢？林文義說明，第一個原因是他曾與文友陳列的砥礪、約定，一定要交出一部大散文之作，要用散文寫下臺灣的歷史、土地、人民，為所愛之島國留下記憶。兩人便擁此約定，各自進行，因而先後迎來陳列的《躊躇之歌》與他的《遺事八帖》成就此大散文雙璧。

另一個原因則是，「許多寫作的朋友，談到散文時，總將之視為次文學，但是，綜觀創作世界，散文文體只存在於華文世界，因此我特別珍惜散文創作。」惜文類而投深情，林文義不疲於拓寬散文的形式邊野，呈顯一名散文家的遠大企圖。持續從濃烈的自身情感出發，卻不止凝聚於個人，更由小推大，連結到臺灣土地的歷史，展出廣闊視野，形塑遼曠的襟懷，也就有了以臺灣歷史為經，個人史為緯，兩相交織後而成的定音大作。

林文義遣詞用字珠玉琳瑯，美文風格落實大散文之中，透過繽紛的語言句構，彷彿看見一幅綿展的臺灣版《清明上河圖》，更能窺見他圖像思考的邏輯，「盡其在我，將散文尋求更大的可能，就是我對文學最大的敬意。」他表情虔敬說道。寫散文是將自己的心交出去，其實亦是林文義創作散文的誠實初衷，因此與同儕相較他更為直率，敢曝坦言。

繼大散文之後，《墨水隱身》、《酒的遠方》等作品，則彷彿進入林文義後政論時期，筆觸帶有晚秋之氣，其核心的人道關懷火苗不滅，卻也漸漸開始收攏遭受現實折損的滄桑。他自言交付淡然與遺忘，以靜好的心態為過去補上明亮的妝，斂筆懺情之外，浪漫心思依然，心境又再較之以往更加恬適超脫，「因為這個世界很亂所以要把文學寫得很美。永遠要有詩的心情人，哪怕你寫散文的時候。」林文義笑了起來。

副刊主編的風雨見聞

戒嚴時期，林文義任職於《自立晚報》最早其實是以漫畫專長受聘。他是文壇中少數幾個能畫漫畫也能寫作的作家。一九八八年推出《唐山渡海》漫畫，介紹臺灣歷史，由此進入報社後，與政治漫畫家魚夫、羅慶忠成為同事，始加入政治漫畫創作者的行列。後來看到好友敖幼祥精彩幽默的《烏龍院》系列作與 COCO 犀利的政治漫畫後，萌生退意，幸賴好友陳信元、蕭蕭、李瑞騰的鼓勵，要他專心致力於一件事情上，他也順勢回歸到散文創作的隊伍中。

其後，轉任副刊主編，帶著對文學的敬意與理念，繼續戮力奮鬥，因而在其工作的副刊，常能見諸許多具有強烈實驗性的作品。他不壓稿，尊重作者，眼界與膽識高遠。「我很欣慰的是，當年邱妙津要去法國留學之前，將《鱷魚手記》拿到我的副刊來。」林文義追述當時情景，咖啡館裡，時任《新新聞》記者的邱妙津戴頂棒球帽，在他面前顯得侷促不安，因已與多家副刊、文學雜誌交涉，都被婉拒。其時，再過一個月將前往法國念書的邱妙津，非常看重這部作品，望能覓得伯樂讓其發表，因此聽從詹宏志建議，投稿給林文義。林文義隨即快速瀏覽整部小說，認為可刊用，便當場決定於邱妙津出國前一個禮拜見報連載，並且預給稿費，讓邱妙津安心前往法國就學。

與許多作家接觸過的林文義，發現優秀作者通常都非常謙虛，「有時候碰到好作家，我會跟他說，這一篇跟他平常寫的東西不太一樣喔，有一些重複（散文的困難就是這一點）。跟好的作家講的時候，他們反而都會說：『沒關係我再換一篇給你。』」他同時憶起，求學時期的恩師瘂弦擔任《聯合報》副刊編輯時的景況，影響著他往後任副刊主編與作者們的應對，「即使投稿未能刊用，他都會寫一張短信給投稿者，要他再接再厲，我也有這樣的習慣。」若能在眾多投稿中讀到眼睛一亮的作品，是身為副刊主編工作最可貴與高興的時分，然而，這也讓林文義發現許多作者總是重複自己，他深有警惕，「我自己寫散文，也最害怕重複。」

創作必須要有自己的聲音

散文是林文義至今唯一的追索，他認為「一個人一輩子把一件事情盡其可能做好就值得了。」而拿起筆便靜心的他，總用著雕刻家的精神為文，「在這個混亂時代，只有文學是安定我們心靈最美麗的力量。」說時，他臉上綻出信仰的光彩。

散文是記憶，是往時間之河中撈取金沙，透過文字記下許多經歷過的人事物，年輕時候林文義敏感多思，嘗書寫男女之間的感情，步入職場寫到與長官之間理念不合的折衝，也經常受到情緒的折磨與低潮，直到晚秋之年，他才終於看透玄機，對於過去心結有了疏淡的心情，「過去你所埋怨的、你所傷心的，其實是一種偶然。創作於我也是如此，我因為愛文學，才會想寫作。」創作量豐厚的他，並沒有固定的寫作時段，必須「有感覺」才能創作。他且承認閱讀時間較創作時間更多，最能激發他創作慾望的時刻，是每每讀到秀異作品的時刻，彷彿尋得心靈上的震動，「看到別人的好作品都會鼓勵自己也要向他們看齊，追隨他們，寫出合宜的作品。」

不過，看齊絕非模仿，林文義一邊強調一邊露出羞赧之色，「七〇年代是我的模仿時期，那時讀到《葉珊散文集》很心動，很迷戀他的作品，也就以之為創作範本。讀到楊牧老師寫的〈陽光海岸〉，我就也學著寫了一篇〈多雨的海岸〉給我那段幼稚的初戀。」但模仿期並不長，在八〇年代進入報社當起社會記者後，見多社會不公不義以及慘烈場景，經驗到更底層的人民生活，心靈大受震撼，獲得啟發後，文風轉為入世，免疫於模仿的病，並且嘗試幫黨外雜誌撰寫文章，「自那時候起，認為要寫些社會現實的作品，不能只是風花雪月，或者模仿他人。年輕創作者剛開始寫作不免有模仿傾向，但你可以喜歡、可以私淑，千萬不要模仿。創作必須要有自己的聲音。」

也因此「我手寫我心」成為林文義寫作半世紀，矢志不移的座右銘。「我對文學的信仰比起所有的宗教還要虔誠。」他眼裡閃爍光芒說道，「因為文學是自己面對著自己一個人，倘若文學是神，那麼，我是直接與神對話，而非群眾。文學孤獨但巨大。」孤獨並非悲傷概念，是由衷明白唯有讓自己安靜下來時，才能由心延伸出更多創意念想的狀態，也因此，林文義散文中不避諱書寫小我的作品，但同時，也將眼光放遠，帶有人間關懷的大我書寫。

林文義的作品，饒能翻出求新求變層次與意圖，他說全是因他年少懷抱的幻滅畫家之夢帶給他的藝術追求，以及自我要求，才將每一篇散文作品當成一幅圖，或一幀攝影照片般的藝術作品細琢，期望能在主題或形式上帶給讀者不同體驗。「所以很多讀者認為我作品年年不同，那是因為這才是我認為的『創作』。」他以參觀大植物園比喻自己創作與閱讀時的心情跟期待，「我今年讓你看櫻花，明年讓你看銀杏，後年讓你看松樹，創作者的每一本書都是一座植物園，讓讀者們從中尋找不同逸趣。因此創作者都該端出不一樣的漂亮好風景。」他堅持自我風格，以作品挑選讀者，不受讀者反應影響，合則來不合則散的氣概，或也是創作熱情源源不絕的祕密。

文學，安慰我們的心

散文是把自己放在一個透明的盒子裡面，把心交出去。是靠近創作者心性與品格的文類，因而，每次書寫不免是傾倒自己的過程，但又避諱全然潑灑，之間需拿捏的量度與距離不易。而林文義從不掩飾自己內心的實情，在次次坦然之中纖細懺情，因此回看自己過去唯美浪漫時期的風花雪月，也有了接受的胸懷，「經過青春，誰不風花雪月呢？寫作題材是一個偶然，但進入必然的過程。」思考自由、下筆自在，卻其實是謙卑地還原並且記錄自己。

林文義的作品從不避談陰暗，甚至企圖尋找藏在表面下的事物，「所謂的陰暗當然會有負面東西，但散文中的陰暗事實上寫自己，有種贖罪的感覺，散文最大的迷思就是自傷傷人，因為自己如同臨鏡懺悔，無意中又寫到某個人，我寫的人都是真實的，但會避開真實姓名與可能猜測到的現實，散文畢竟沒辦法像小說誇張虛構。」也或者是遺憾與不可得的故事，成為人生途經的某根懸刺，將人釘於十字架上。

林文義近年散文作品聞得到煙火氣，卻減了火氣，涉過政治與文學的險峻道途、探過人生虛實美惡的表裡，儘管林文義的口吻依然細膩抒情，卻自有廣闊的視野與企圖，壯志未酬卻終歸向淡靜時刻，「散文適合一個人在下雨的夜晚閱讀。無論你遭遇到情感傷害或朋友之間的誤解或家人的摩擦，在很頹喪的時候，不妨就坐在窗前泡一杯茶或喝一壺酒，然後讀散文，因為散文就是跟另一個人的心靈對話。」對於散文的深情，更行更遠還生。他以堅執的凜然定位自許：散文，是我懷中鏡。

原載於：《文訊》四一九期，二〇二〇年九月

林文義創作年表

二〇〇〇年三月，聯合文學印行《手記描寫一種情色》。埋首十個短篇小說創作。五月，應楊盛先生之邀主持旅行、歷史電視節目「臺灣之旅」，霹靂電視臺播映。七月，九歌出版社印行一九八〇～一九九〇年散文精選集《蕭索與華麗》。七月三十一日，《北風之南》小說開始在《自由時報》副刊連載，至十一月二十八日刊完。美國《公論報》隨後刊登。

二〇〇一年五月，聯合文學印行短篇小說集《革命家的夜間生活》。七月，應東森聯播（ＥＴＦＭ）之邀，主持廣播節目「新聞隨身聽」。九月《從淡水河出發》華文網重排出版。

二〇〇二年一月，寶瓶文化印行旅行散文集《北緯 23.5 度》。六月，聯合文學印行長篇小說《北風之南》。六、七月，長篇小說《藍眼睛》開始在《中央日報》副刊、美國《世界日報》小說版連載。八月，《革命家的夜間生活》獲金鼎獎文學類優良圖書推薦。九月，《多雨的海岸》華成文化重排出版。

二〇〇三年二月，印刻文學印行長篇小說《藍眼睛》。應小說家汪笨湖之邀，與歌手黃妃主持年代電視 MUCH 臺「臺灣鐵支路」。四月，九歌出版社印行《茱麗葉的指環》。七月書寫長篇小說《流旅》，十一月十一日完稿，計七萬字。

二〇〇四年埋首於十七個短篇小說，亦撰散文。十月，應小說家東年之邀，為其主舵之《歷史月刊》重拾遠疏十七年漫畫之筆，編繪《逆風之島》，以臺灣歷史作題。

二〇〇五年二月，漫畫《逆風之島》逐期連載於《歷史月刊》。印刻文學印行二〇〇二～二〇〇三手記集《時間歸零》，水瓶鯨魚封面、內頁插畫。《流旅》小說，美國《世界日報》連載、《中央日報》摘刊。四月，日本京都回來，開始情詩系列書寫。七月，印刻文學印行長篇小說《流旅》。

二〇〇六年五月，印刻文學印行《幸福在他方》。

二〇〇七年應九歌出版社之邀，主編《九十六年散文選》。十月，博客來網路書店印行短篇小說集《妳的威尼斯》。爾雅出版社印行詩集《旅人與戀人》。

二〇〇八年五月，為歌手賴佩霞專輯《愛的嘉年華》（福茂唱片）撰歌詞：〈詠嘆，櫻花雨〉。十二月，應詩人白靈邀約，首次參與在中國黃山舉行之「兩岸詩會」。與老友李昂、劉克襄受信義房屋委託，合著《上好一村》天下文化印行。

二〇〇九年二月，聯合文學印行《迷走尋路》。人間福報副刊專欄「靜謐生活」。五月，中華副刊專欄「邊境之書」。十月，應小說家履彊之歸，擔任內政部營建署「國家公園文學之旅」影集外景主持人。

二〇一〇年一月，聯合文學印行《邊境之書》。十一月，爾雅出版社印行《歡愛》。允為文學四十年紀念雙集。

二〇一一年五月，參與臺灣文學館「百年小說研討會」。六月，聯合文學印行《遺事八帖》。

二〇一二年七月，東村出版重印短篇小說集《鮭魚的故鄉》。十一月，《遺事八帖》獲臺灣文學獎圖書類散文金典獎。

二〇一三年一月，參與吳米森導演的《很久沒有敬我了妳》電影演出。五月，獲中國文藝協會散文獎章。七月，聯合文學印行詩集《顏色的抵抗》。《遺事八帖》簡體字版由北京長安出版社在大陸印行。

二〇一四年一月，聯合文學印行手記集《歲時紀》搭配詩人李進文攝影。四月，《四十年半人馬》散文選簡體字版由成都四川人民出版社在大陸印行。十月，參與吳米森導演《起來》電影演出。十一月，獲第三十七屆吳三連獎散文類文學獎。

二〇一五年一月，聯經出版公司印行臺灣歷史漫畫集《逆風之島》。二月，九歌出版社印行一九八〇～二〇一〇散文自選集《三十年半人馬》，詩人席慕蓉封面配圖。應邀擔任宜蘭駐縣作家。七月，有鹿文化印行《最美的是霧》搭配曾郁雯攝影。十月，《木刻猴子》散文選簡體字版由杭州浙江文藝出版社在大陸印行。十二月，宜蘭文化局印行《宜蘭寫真》搭配曾郁雯攝影。

二〇一六年四月，赴日本東京參與吳米森導演之公視文學紀錄片《再見原鄉》訪談。六月，聯合文學印行《夜梟》搭配何華仁版畫。

二〇一八年二月，爾雅出版社印行《二〇一七／林文義——私語錄》日記書。三月，列名《鹽分地帶文學》雙月刊評選：「一九九七～二〇一七當代臺灣十大散文家」。五月，聯合文學印行《酒的遠方》。

二〇一九年八月，《酒的遠方》獲金鼎獎文學類優良圖書推薦。十月，時報文化出版公司印行《掌中集》。

二〇二〇年三月，聯合文學印行《墨水隱身》自繪封面、內頁插圖。

二〇二一年五月，時報文化出版公司印行《秋天的約定》。

新人間㉜㉔

秋天的約定

作　者—林文義
主　編—李國祥
企　畫—吳儒芳
總 編 輯—胡金倫
董 事 長—趙政岷
出 版 者—時報文化出版企業股份有限公司
108019臺北市和平西路三段二四〇號三樓
發行專線—（〇二）二三〇六—六八四二
讀者服務專線—〇八〇〇—二三一—七〇五
（〇二）二三〇四—七一〇三
讀者服務傳真—（〇二）二三〇四—六八五八
郵撥—一九三四四七二四時報文化出版公司
信箱—10899臺北華江橋郵局第九九信箱
時報悅讀網—http://www.readingtimes.com.tw
電子郵箱—genre@readingtimes.com.tw
法律顧問—理律法律事務所　陳長文律師、李念祖律師
印　刷—紘億印刷有限公司
初版一刷—二〇二一年五月二十一日
定價—新臺幣三五〇元

時報文化出版公司成立於一九七五年，
並於一九九九年股票上櫃公開發行，於二〇〇八年脫離中時集團非屬旺中，
以「尊重智慧與創意的文化事業」為信念。

秋天的約定 / 林文義著. -- 初版. -- 臺北市：時報文化,
2021.5
面；　公分. --（新人間；324）
ISBN 978-957-13-8990-5(平裝)

863.55　　110007226

ISBN 978-957-13-8990-5
Printed in Taiwan